JN093484

リズ
ill.サクミチ
育成上手な冒険者、
幼女を拾い、
セカンドライフを育児に捧げる
1

目次

Contents

育成上手な冒険者、幼女を拾い、セカンドライフを育児に捧げる❶

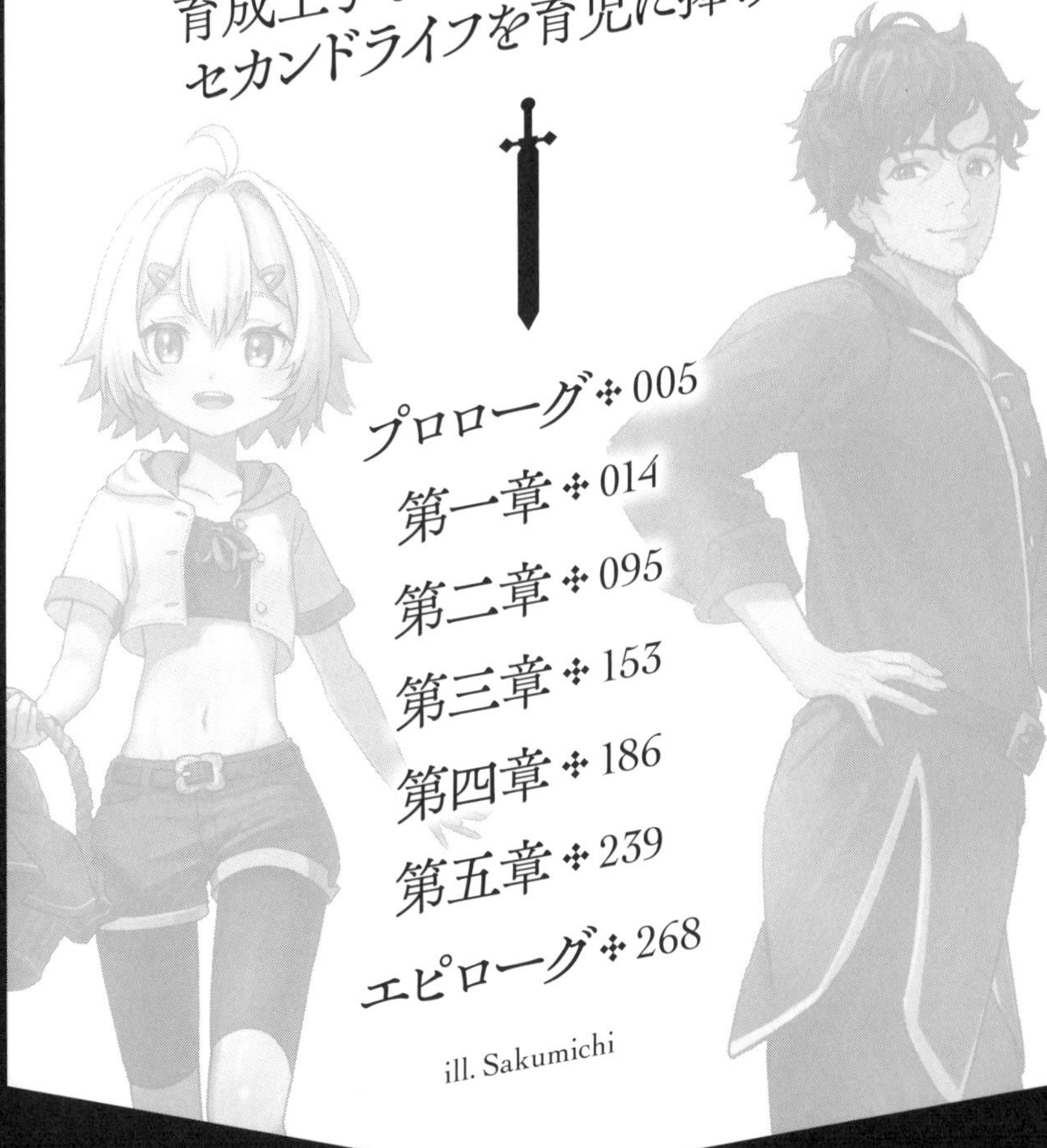

ill. Sakumichi

プロローグ

吸い込まれるような青空が広がったある日の午後、ある街に、ある冒険者パーティがクエストから帰還を果たした。

そのパーティの背後から荷物を引くために育てられた太い脚を持つ四足歩行の竜、ミーテが四頭牽《ひ》かれて続く。

そのミーテは四頭で一台の大きな荷台を牽いていた。

通常の馬車の倍はあろうかという大きな荷台には、数メートル四方の小さな小屋ほどもある巨大な蛇の頭部が置かれている。

その巨大蛇の頭を見て、街の住人たちが騒ぎ出し、その声が波のように伝播《でんぱ》していったかと思うと、お祭りのような騒ぎになっていった。

「おお！【緋色《ひいろ》の剣】がまたやったぞ！」

「あれが村一つ丸飲みにしたっていう巨大蛇か」

「流石《さすが》はSランクパーティ、あんな化け物でも狩っちまうんだなあ」

街の住人が街の大通りを進む巨大蛇を眺めながら感嘆《かんたん》の声を上げる中、その巨大蛇をしとめたパーティ【緋色の剣】の面々は花道を作るように大通りに集まった住人たちに、手を振りながら街の中央に建つ冒険者ギルドへと向かっていた。

「今回も楽勝だったな、ミリアリス」

ボサボサの短い金髪で、濃い青色の瞳の一番前を歩いていた大剣を背中に携えた青年が、横に並んで歩いている聖職者風のローブに身を包み、ウェーブがかった長い金髪で薄い紫色の瞳の女性に嬉《うれ》しそうに笑いながら言った。

「そりゃあ先生、じゃなかった。リチャードが機転を利かせてアレを引きつけてくれたんだから。隙だらけの蛇ならそりゃあ楽勝でしょうよ。そうじゃない？　トールス」

「まあ、確かにそりゃそうだけどさあ」

ミリアリス。聖職者風のローブに身を包んだ女性の言葉に肩を落としながら渋々答え、トールスと呼ばれた白を基調にした金装飾の鎧《よろい》に身を包んだ青年は後ろを振り向いた。

その視線の先にはパーティメンバーの一人である黒髪黒目の青年魔法使いと話す、焦げ茶のボサボサ髪に濃い青色の瞳の三十代半ばの中年冒険者、彼ら【緋色の剣】のメンバー全員の師、リチャード・シュタイナーの姿があった。

「なんか今日、リチャード元気なかったな」

「そう？　クエストが終わって気が抜けて、疲れが出たんじゃない？」

「そうか？　うーん、そうかもなあ」

ミリアリスの言葉に不服そうにではあるが肯定し【緋色の剣】の六名は今回のクエストの話や移動中に出会った人々、立ち寄った町、眺めた景色や食した食べ物のことを語りながら冒険者ギルドに向かった。

冒険者ギルドに到着したミーテをギルドの前の綺麗《きれい》に敷かれた石畳の道に止め、ギルドの解体班に巨大蛇の頭部の解体を依頼すると、六人を代表して最年長者のリチャードが受付にクエスト達成を報告し、パーティの面々は報酬を受け取る。

その後、一行は祝勝会とは名ばかりの宴会の為に食事処《しょくじどころ》、兼、酒場で様々な料理や酒をテーブル一杯に頼んだ。

芳ばしく香る肉の匂いや、少し焦げた魚の香り、口の中で弾ける炭酸入りの酒を楽しんでいたそんな時だった。

【緋色の剣】のメンバーであり、彼らの師匠でもある男、リチャードが仲間たちと酒を酌《く》み交わしている最中に目を閉じ、大きく息を吸い込んで一呼吸《ひとこきゅう》置いた後、意を決して口火を切った。

「皆に話がある」

「どうしたんですかリチャード」

長い金髪を耳にかけながら、ミリアリスが首を傾げた。

「報酬の件だったりする～？　それなら後で」

パーティメンバーでもう一人の女性、白い体毛を纏《まと》った、人ではなく獣に寄った狼《おおかみ》型の獣人族のフウリの言葉を遮るように、リチャードは椅子に腰かけたまま、おもむろに手を前に伸ばしてフウリの言葉を制した。

その伸ばした手には、この冒険者パーティを結成した際に、魔石を研磨して作成した鏃《やじり》のような形の首飾りが握られている。

「今回のクエストで確信したよ。私はもう落ち目だ。長いこと冒険者をやってきたがこの辺が私の限界らしい。このパーティに私が居ては君たちの成長の妨げになりかねない。いや、既になっているかもしれん」

リチャードは首飾りを料理と酒の並べられたテーブルの空いている場所に置くと、引退する理由をツラツラと仲間五人に語りはじめた。

若い五人だ、今後さらなる高みへと登り詰めるだろう。ただし、ソレは凡人の自分がいては、邪魔者がいては成し得ない。

「邪魔だ」と長年ともに歩んだ五人が言うことはないだろう、しかし心の中で「邪魔だな」と、思われる日は近い。

いや、もしかしたら既に思われている可能性もある。

仲間に出ていけと言われるくらいなら、言わせるくらいなら。

そう考えた結果、リチャードは意を決し、仲間に言い放った。

「以前から考えてはいたんだ。私は今日で、このパーティを抜けるよ」

「はあ？　ふざけんなよ、何勝手に！」

リチャードの突然の言葉に、リチャードの真似をして大剣を背もたれに掛けて椅子に座っていたトールスが食ってかかろうと立ち上がった。

その勢いで自慢の大剣が倒れ、食事処に似つかわしくない金属の倒れる音が響き、その場にいた冒険者が一斉に口をつぐみ、六人の座るテーブルを注視する。

「やめなさいトールス！　彼の人生は彼のものよ。強制はできないわ。残念だけどね」

「ありがとうミリアリス。皆、今までありがとう。本当に、ありがとうな」

謝罪の言葉は述べず、仲間に感謝の言葉だけ伝え、冒険者ギルドから一人の男が姿を消した。

リチャードと呼ばれた冒険者は、仲間に惜しまれながら冒険者を辞めたのだ。

「これでまた、世界が色褪《いろあ》せて見えてしまうのだろうか。まあしかし、これでよかったんだ。これで、良かったんだよな」

リチャードは愛用の剣を背中に背負い、自宅に向かって歩きながら、これまでの冒険者として暮らした人生を思い返していた。

リチャードが冒険者になったのは十代半ばの頃。

天賦《てんぷ》の武の才能も、稀有《けう》な魔法の才能も、特別魔力が多いなんてこともない普通の少年。それがリチャードだった。

病気の母の薬の為にひたすら鍛え、魔物を倒して金を稼いだ青春時代。

だが、母の病気が完治することはなく。リチャードが二十歳になった頃、母は静かに息を引き取り、続いて母を追うように、魔物の生態を調べる学者だった父親も仕事先で強力な魔物に襲われ、帰らぬ人となってしまった。

その後、冒険者として師事していた男も、父を襲った魔物を討伐に向かった先で仲間を庇《かば》って亡くなっている。

それからというもの、リチャードには自分の世界から色が消えたように感じ、全てが色褪《いろあ》せて見えていた。

何をしても楽しくない。

視界に映る灰色の世界。

しかし生きる為に。

いや、両親に語った夢までは諦めたくなくて、リチャードは冒険者として依頼をこなした。

ただひたすらに魔物を殺し、時には盗賊に堕《お》ちた人間を殺す。

そんなことを淡々と数年ほど続けた。

隣国との戦争も経験し、何百、いや、もっと大勢の人間たちを殺した。

終戦まで生き残って更に数年たったある日。ある新人パーティに声を掛けられた。

まだ駆け出し冒険者の頃の【緋色の剣】の面々だった。

仲間に迎えられ、クエストを共にしていくたび、彼らと共に過ごしていくたびに世界に色が戻っていく。

リチャードはそう感じ、気がつけばあのパーティで十年近く、若い彼らに養成所では教えられない現場の機微《きび》を色々教えながら、共に鍛錬《たんれん》し、様々なクエストをこなして過ごした。

もはやこの街の冒険者で知らぬ者などいない程には成功も収めている。

「ああ。嫁でも探しとくんだったかな」

仲間と別れた寂しさを、軽口を呟《つぶや》くことで誤魔化《ごまか》そうとするリチャードの足は、確かに自宅のほうを向いていたはずだったが、何故だろうか。

明日から無職の身で、仕事もないと思ったからか、いつもはしない寄り道でもしてみるかと、何かに誘《いざな》われるように、というよりは誰かに呼ばれた気がして、リチャードは暗く、ジメッとした路地裏へと足を踏み入れた。

光る魔石の街灯に照らされた大通りと違い、暗い路地裏はまるで別の街、別の国、別の世界のようだ。

ゴミは散らかり、壁際に浮浪者が座り込み、ネズミ型の小さな魔物が我が物顔で道路を横切っていく。

そんな、お世辞ですら綺麗だとはいえない場所に足を踏み入れたリチャードの前に、少年か少女か、一見しただけではよく分からないが、ボロ布を着た十歳くらいの子供が立ち塞がった。

「アンタ、食いもん持ってるな」

「いい鼻だな、確かに持っているが」

「食い物全部置いていけ。そうすれば痛くは、しない」

少年か少女か。ボサボサ髪の子供が腰から後ろ手にナイフを抜いて手を突き出して構えた。

粗末なナイフだった。

ナイフというよりは割れた瓶の破片と言うべきか、手に持つ部分に布を巻いただけのガラスでできた粗末なナイフもどき。

そんな物を構えて、子供がベテラン冒険者だったリチャードにジリジリ近づいていく。

「君、両親はどうした？　こんな事をしていると両親が悲しむぞ」

「両親？　知らない。俺を捨てた奴らのことなんて、知るもんかよ！」

逆鱗《げきりん》に触れたか、割れた瓶の破片を手に駆け出した子供がリチャードに向かって腕を伸ばした。

殺意を持って刺そうとしているのだ。年端も行かぬ子供が。その細い腕を精一杯伸ばして、生きるために。

「踏み込みは悪くない、だがそれでは直接的に過ぎるな」

数々の魔物や盗賊と渡り合ってきた熟達《じゅくたつ》の冒険者がたとえ油断していたとしても弱った子供に対して後れなど取るはずもない。

リチャードは子供からの一突きに対し、体を横にすることで当たり前のように避けると、反射的に側頭部に一発、デコピンを子供に食らわせた。

少しばかり痛い思いをすれば退散する。

そう思って、デコピンを食らわせたリチャードだったが、ベテラン冒険者の力で放った一撃は、子供の脳を頭蓋《ずがい》の中で数回揺らし、意識を切り離してしまった。

「む、しまった。力が強すぎたか」

粗末なナイフを落とし、前のめりに倒れそうになる子供の体を咄嗟《とっさ》に支えたリチャードは、その子供の軽さと細さに驚く。

「こんな体で、それでも君は生きる為に」

呟きながら、リチャードは自分を襲ってきた子供を横抱きで抱え上げた。俗に言うお姫様抱っこだ。

本来なら関わるべきではないのかもしれない。

しかし、こんな場所に置き去りにするのも気が引ける。何よりも、既に関わってしまっている。衛兵を呼ぶのも手ではあるが、この状況、人攫《ひとさら》いに間違われるのは自分では？　しかも暴行容疑付きだ。

そんな事を考えたリチャードは思案の末一つの答えに辿《たど》り着く。

「しばらく、面倒をみてみるか」

呟いたリチャードは子供を抱え、そのまま路地裏を後にし、今度こそは自宅へと脇目も振らずに向かったのだった。

第一章

冒険者を辞めたその晩に拾った子供を抱え、町外れの住宅地に建てた一軒家の自宅に帰るまでの間に、リチャードが気づいたのは子供から漂ってくる異臭、悪臭だった。

何日、何週間、いやもしかしたらもっと長い間。この子は体を洗っていないのかもしれない。

「ふむ。まずは……風呂だな」

自宅である一軒家に戻り、リチャードは子供を抱えたまま、指先を引っかけて器用に玄関の扉を開けると、玄関からまっすぐ伸びる廊下《ろうか》の左手にある風呂場へ向かい、浴槽の側面に設置された青い魔石に魔力を込めて、浴槽の内側の穴から水を出してため、火の魔石で熱を出して陶器の風呂釜ごと水を熱していく。

気の強い子供だった。抵抗されても面倒だと思ったリチャードは、このまま子供を洗ってしまおうと考え、子供が着ているボロを脱がした。

「む、ない。女の子だったのか。男の子だと思っていたが」

リチャードがボロを脱がせると、男の下半身に存在しているはずの馴染《なじ》みのあるモノがそこには存在していなかった。

拾った子供は、ガリガリに痩せ細り、起伏などはなく色艶もない幼い少女だったのだ。

「すまない、だが。女の子なら尚更綺麗にしてやらんといかん。まあ、まだ子供だしな。意識するほうが間違いか。手早く洗ってしまおう」

手甲や胸当てを外し、脱衣所の籠《かご》に向かってそれを放ると、シャツとズボンだけの姿でリチャードは固形石鹸《せっけん》を使い、タオルを泡立て、少女の体を洗っていく。

すると、綺麗だったはずのタオルも、白く泡立っていたキメの細かい泡もどんどん灰色に濁っていった。

特に酷かったのは頭髪。

シラミだらけの髪は一度や二度洗っただけでは汚れが落ちなかった。

胡坐《あぐら》をかいて座り、その上にやせ細った少女を寝かせ、顔に水が掛からないように洗っていくこと数回。

苦労の甲斐《かい》あってか、何度も洗うと灰色がかった少女の髪は、薄い白髪に近い水色の髪へと色が変化していった。

少女の本当の髪色に「珍しい髪色だな」と呟いたリチャードは念のためにと、最後にもう一度、少女の顔に水が掛からないように、自分のズボンが水浸しになるのはお構いなしで石鹸を使って髪を洗うと、浴室から出て脱衣所で少女の体を拭いていく。

そしてこの時、あることに気がつき、リチャードは己の考えの浅はかさに愕然《がくぜん》として顔を片手で覆った。

「しまった。私はなんて馬鹿なんだ。子供向けの下着や着替えなど持っているわけないじゃないか」

リチャード・シュタイナー。三十四歳。独身。恋人いない歴と年齢が等しい中年男性である。

そんな男が子供向けの下着や服など持っているはずもなく。

リチャードは「仕方ないか」と自分の着替えであるシャツを半ば巻くように着せて少女を抱え、寝室に連れて行き、ベッドに寝かせ、布団を被せた。

「起きないものだな……まさか死んでは、いないよな？」

ピクリとも動かない少女の口元に手をかざし、寝息を確認したリチャードは胸を撫《な》で下ろした。

気の抜けない生活を何年も続けていたのだろう。男っぽい口調、自分で切ったのだろうボサボサの短い髪、ナイフで襲いかかろうという気性の荒さ。

恐らく、それら全ては自分を守るために。

「私がやっているのは偽善、自己満足だ。だが、それでもまあ、いいじゃないか。縁《えん》というやつさ」

自分に言い聞かせるように呟いたリチャードは、眠っている少女に視線を落とす。

路地裏で出会った時の狂犬のような表情は何処へやら。眠っている少女は幼い子供らしく安らかで気持ち良さそうな寝顔を浮かべていた。

「ヘッ！　クション!!　いかんな、これでは私が風邪をひきかねん。目を離すのは少しばかり気が引けるが、私も風呂に入るとするかな」

くしゃみをしたあと、ベッドに背を向けて歩き、静かに扉を閉めたリチャードは風呂場に向かった。

その後、自身も風呂で身体を清め、風呂場を掃除。

脱衣場に併設している服を洗うための洗濯室で洗濯も終えた。

そして装備の手入れをしようとして脱衣場の籠の中に置きっぱなしだった装備に手を伸ばそうと

して、リチャードは思い出す。

「ああ、そうだった。私はもう、冒険者は辞めたんだったな」

伸ばした手で装備一式を掴《つか》み、名残を惜しみながらいつもどおりに手入れした後、それらを抱えてリチャードは廊下の突き当たりにある武器庫へ向かう。

そして、いつものように装備を専用の棚に片づけると武器庫から出て扉を、ゆっくりと閉めた。

リチャードはこの時、仲間たちとの別れ際に感じた寂しさと同じくらいに寂しいと感じ、愛用していた剣だけは傍に置いておこうと考え、それだけは武器庫から持ち出して、リビングへ向かうと扉の傍に置いてある棚に立て掛けた。


夜の帳《とばり》が世界を覆い、宵闇と自分の影が混じり合って、自分と世界の境界が曖昧になったころ。

腹を空かせた浮浪者の少女は、縄張りにしている路地裏の一角で見慣れない男に出会う。

その男は食事をしてきた後なのか、食べ物の匂いを漂わせて危険な路地裏を素知らぬ顔で歩いていた。

ここ数日まともに食べていない少女が、瓶の破片をナイフに見立てた物を片手に男の前に飛び出したのは、気が立っていたからだ。

親に捨てられ、苦しい生活をしている自分はこんなにも餓えているのに、生きてさえいればいつか救いがあると信じて我慢して生きているのに。

「神様なんていねえ。もう嫌だ、殺して奪うか。殺してもらうか」

少女は通りかかった男から食料を奪うためにナイフもどき片手に駆け出した。

壁際でへたり込んでいる死んだ目をした大人たちならこれで怯《ひる》んで逃げていく。

しかし、男の動きは少女の目では一瞬ですら追うことができなかった。

ナイフが宙を裂いた直後、少女は側頭部に衝撃を感じ、抗うこともできずに意識を手放す。

意識を手放すその瞬間、少女は思った「ああ、これが死ぬってやつか、そんなに痛くないんだな」と。

しかし少女はもちろん死んでなどいない。

浮上してきた意識の中。少女は感じたことのない柔らかい感触に包まれていることに気がついた。

その感触に少女は目を開くのを躊躇《ためら》う。

この心地良い感触が夢で、目を覚ますといつもの硬い地面に敷いたボロ布の上に戻ってしまうと思ったのだ。

だが、いつまで経っても感触は消えないばかりか、聞きなれないバタンという音が聞こえ、食べ物か何かの良い匂いが漂ってくる。

その漂ってきた匂いを境に、少女は恐る恐る目を開け、体を起こした。

窓の外は明るい。いつの間にか夜は明けていたようだ。

「起きたか。丁度良かった。スープを作ったんだが、食べるかい？」

「お前、昨日の!?」

「リチャード・シュタイナーだ。冒険者、ああいや今は無職か。〝元〟冒険者だ」

「そ、その元冒険者が俺になんの用だ。もしかして、身体《からだ》目当てか!?」

「っは。十年早いわ小娘。ああ、いやすまん。特に用があって連れてきたわけではなくてね。まあ、そうだな。強いて言うなら気紛れ。いや偽善かな？　死にそうな君を助けたくなった、ただそれだけだよ」

少女は自分の状況を確認するためにキョロキョロと首を振って辺りを見渡し、自分のいる場所や服装を確認する。

サイズは全くあっていないが、触り心地のいい、着たことがない上等な布でできたシャツ。両親と暮らしていた時でさえ使わせてもらえなかったフカフカのベッド、異臭のしない身体、痒《かゆ》くない頭髪。

どうやらリチャードと名乗った男が自分を暗い路地裏から救い出してくれたというのは本当らしい。

しかしそれでも少女は警戒を解かなかった。

布団を手繰り寄せ、リチャードを睨《にら》むその目は敵意剝き出しの犬や猫のようだ。

「取って食うわけでも、その貧相な身体に欲情している訳でもない。そう警戒しないでくれ。それよりスープを食べないか？　腹、減ってるだろう？」

ベッドの横に置かれた背の低い棚の上を指差すリチャード。

そのスープを見た少女は返事こそしなかったが、腹の虫には勝てなかったか、グゥ～と鳴った腹の音を合図にスープの入った皿に飛びついた。

何年ぶりかのマトモな食事に興奮し、一気に口に搔《か》き込もうとするのをリチャードが手で制する。

それを振り払おうとするが、リチャードの身体はびくとも動かない。

「スープとはいえ一気に食べると危険だぞ？　水もある、誰も取らないからゆっくり食べなさい」

リチャードはそう言うと少女の頭をガシガシと撫で、ベッドの傍らに置いた椅子に腰掛けて少女の食事する姿を微笑みながら見守っていた。

すると、少女は食事をしながら泣き出してしまった。

声を出すことはなく、翡翠《ひすい》のような綺麗な緑色のその両目から涙が溢《あふ》れている。

もう二度と食べることはないと思っていた温かい食事、二度と着ることはないと思っていた綺麗な服、雨風が凌《しの》げる立派な家。

少女が心から求めていた物全てがここにはあったからだ。

「お代わりはいるかい？」

「ん。欲しい」

「分かった。待っていてくれ、直ぐに入れてくる」


その後、おかわりのスープも平らげ満腹になったからか、少女は再び睡魔に襲われたのだろう、うとうとと船を漕《こ》ぎ始めてしまった。

目を擦り、今にも眠ってしまいそうだったが、少女はその睡魔に抗うように首を振った。

「どうした？　眠いなら寝てもいいんだぞ？」

「嫌だ。寝たら、夢が覚めちまう。寝たら、また捨てられる」

この子の両親はこの子が寝ている間にあの路地裏に我が子を捨てたのだろうか。

リチャードはその辺りを察して「安心しなさい、私は君を捨てないし、見捨てない」と言いながら頭に手をポンと置き、ベッドに寝かせた。

「君が出ていくと言うなら止めはしないが。私は独り身でね。遠慮せずにこの家に居たらいい。だから、今は眠りなさい。次に君が目を覚ましたら、そうだな、話でもしよう。これからの話をな」

少女に布団を掛け、腹辺りをポンポンと軽く撫でる。

リチャードが幼い頃、眠る際に両親にしてもらったことを真似しただけだったが、効果はあったようだ。

少女は涙を浮かべながら目を閉じ、意識を手放した。

「子供の寝顔は見ていると微笑ましくなるなんてことを、シスターや友人から聞いたことがあるが。なるほど、確かにな。若い頃は何とも思わなかったものだが」

リチャードは少女の睡眠を邪魔しないようにと思い、部屋を出ようと椅子から立ち上がろうとするが、ベッドに背を向けようとした際にシャツの裾を少女に握られている事に気がついた。

しばしどうするか悩むが、リチャードはそっと少女の手に触れて、シャツから手を離させると、できるだけ足音をたてないように歩いて部屋を後にする。

「すまんな、買い物に行かないと」

現在は日が高く昇った正午過ぎ。

リチャードは護身用にと、リビングに置いていた愛用の剣だけ背中に担ぎ、買い物で使う麻袋《あさぶくろ》を持って家を出た。

いつもなら、仕事で街の外に出ている時間帯に街を歩くということに若干の違和感を感じながら、リチャードは街の商業区にある服屋へと足を運ぶ。

そこはリチャードが仲間たちとよく訪れた品揃《しなぞろ》えが豊富で、なおかつ庶民向けの値段設定なことで人気の店だ。

「やあいらっしゃい。おや？　リチャードさんじゃないか。こんな時間に珍しいね。今日は休みかい？」

「やあ店主。休みというか、私は昨日冒険者を引退してね」

「冒険者たちが噂《うわさ》してたのは本当だったんだねえ。とはいえだ。ここに来たって事は衣服をお求めだろう？　安くしとくよ。どんな服をお求めかな？」

小太りの男性老店主が、リチャードが自分から引退したと聞き、最初は驚いて目を丸くしていたが、切り替えの早さは流石商売人。

老店主はニコッと微笑みながらリチャードの返答を待っていた。

「あ～。今日は子供服を探しに来てね」

「え？　リチャードさん、お子さんがいたのかい⁉　初耳だよ。男の子かい？　女の子かい？」

自分の引退話より食いつきがいい老店主に複雑な心境を抱きつつ、リチャードは苦笑を浮かべながら答える。

「まあちょっと訳ありでね。子供は女の子だ」

「はあ～そうかいそうかい。サイズは？」

「サイズ？　ああ寸法か。いや、知らんな」

「リチャードさん、父親なんだったらそれくらい把握してないといかんよ？　まあまあ、お嬢さんの背丈はどんなもんかね？」

「ああ、それなら頭が私の腹より少しばかり上に来るくらいだ。目算だが、百四十センチくらいか」

「ふむ、ちょっと待っておくれ。フリーサイズのワンピースやら見繕ってくるよ」

「ありがとう、助かるよ。ああ、あと済まないが下着も頼めないか？」

「背丈からして十歳前後くらいかねえ。ドロワーズがあったなあ。子供用のレギンスもあるか。分かった、用意しよう」

こうして服を数着、下着を数組買ったあと、帰路についたリチャードはあることに気がつき、考え事をしていた。

「子供服って高いんだな」

自分が持っている服より遥《はる》かに小さい子供用の服の値段が、自分の服とほぼ同じかやや安い値段だったことにリチャードは釈然としていなかったのだ。

それでもリチャードは損をしたとは思わなかった。

自分の服に無頓着で、着飾ることをしない故にたまに服を買うとなると「布の服一着買うくらいなら同じ金額分食材を買ったほうがいいのでは？」と思うような男がだ。

「さて、帰るかな」

服の入った袋を下げ、歩き始めたリチャードが生活用品店の前を通り過ぎた時のこと、パーティの仲間たちとクエスト中にキャンプした際に女性陣が「頭髪用洗剤じゃないと髪が傷んで嫌！」と言ってボヤいていたのを思い出す。

「ふむ。確かシャンプーといったか」

予定していなかったが、リチャードは生活用品店へと足を向け、店員の勧めるまま頭髪用洗剤を複数買い、更には子供用の食器なども揃え、気がつけば両手いっぱいに買った物を持つ事になっていた。

「こんなに一気に買い物をしたのは久しぶりだな。他に足りない物は。いや、流石に帰るか、足りない物はまた次の機会にしよう」

両手いっぱいに荷物を抱え、自宅まで帰ってきたリチャードが荷物を一旦置き、玄関を開ける。

そして服が入った袋を少女が眠る寝室に、食器類はキッチンに、日用品は各々必要な場所へと配置していった。

一人暮らしには広い、住み慣れた一軒家のはずだが、リチャードは引っ越してきたばかりのような新鮮な感覚を味わっていた。

「ああ、悪くない。悪くない感覚だ」

買い物を片づけ終えたリチャードは満足そうに言ったあと、少女が眠る寝室に向かい、扉を少し開けて中の様子を確認する。

少女はよく眠っており起きる気配は全くない。

気持ち良さそうに眠る少女の姿を見て、リチャードの頬は少し緩んでいた。

「私も少しばかり昼寝といくか」

寝室の扉をできるだけ静かに閉めたリチャードは、リビングへ向かいながら呟く。

そして、仲間や友人等を招くために購入した三人掛けのソファに腰掛け、ソファの前のローテーブルに置いてあった小説を手に取り、寝転びながらその小説を読み始め、眠気が襲ってくると抵抗することなく小説を置き、目を閉じた。

それからどれくらい眠ったか、リチャードは寝室の扉のドアノブがガチャリと音をたてたのを聞いて、目を開く。

「起きたか」

ソファから起き上がったリチャードは立ち上がると廊下へ向かう。

割と広い家ではあるが、貴族の住むような屋敷ほど広いわけでもない。

リビングから廊下に出ると、寝室の前に寝ぼけ眼を擦って下を向く少女が立っていた。

「やあ、お目覚めかい？　よく眠れたかな？　部屋に袋が置いてあっただろう？　服が入ってるから、好きな物を選んできなさい」

「これでいい」

「サイズが合ってないから脱げそうなんだが。まあ、あとでもいいか。こっちにおいで、ゆっくり話でもしよう」

リチャードの言葉に少女は無言で頷《うなず》き、リチャードの待つリビングの前へと歩を進める。

そして導かれるままにリビングに入ると、促されるまま先程までリチャードが寝ていたリビングのソファに腰を下ろした。

「では、改めて名乗ったほうが良いかな？」

少女の対面には座らず、リチャードはあえて少女が座ったソファの反対側に座った。

三人掛けのソファの右側に少女が、真ん中を一人分開けて、ソファの左側にリチャードが座った形だ。

「私はリチャード。リチャード・シュタイナーだ。あ、ちょっと待ってくれ。話す前に何か飲み物でも入れるよ」

せっかく座ったリチャードだったが、思い出したようにソファから再び立ち上がると、キッチンに向かい、キッチンに併設されている保冷室から牛乳を取り出す。

そして砂糖を少量入れ、スプーンで混ぜると再びリビングへと戻り、砂糖の混ざった牛乳を少女に渡した。

「飲んでいいのか？」

「ああ、もちろん。そのために淹《い》れてきたからね。遠慮なく飲めばいい。少し砂糖を入れて甘くしてある。気に入ってくれると嬉しいんだが」

再びソファに座ったリチャードの言葉に甘え、コップに入った牛乳を一口飲む少女が驚いたように目を丸くしたかと思うと、味が気に入ったのか。初めて味わう甘い牛乳を一気に飲もうとコップを傾けそうになった手を、リチャードは自分の手を添えて制止した。

「慌てなくていい、一気に飲むと腹を壊す。誰も取らないから、ゆっくり飲みなさい」

リチャードの言葉に頷いて、少女は一口、また一口と言いつけどおりに牛乳をちびちび飲んでいく。

素直で良い子だ。何故こんな愛らしい子供を捨てるなどという愚かなことができるのか。

リチャードはそんなことを考えながら少女が牛乳を飲み終えるのを待った。

「……ん」

「美味しかったかい？」

「うん」

牛乳を飲み終えた少女は「空になったよ」とでも言いたげに、それを見せるようにリチャードに差し出してくる。

そのコップを受け取ったリチャードは少女の頭を撫でるとコップをソファの前のローテーブルに置き「さて」と話を再開しようと口を開いた。

「あ～、まずはそうだな。君の名前を教えてくれるかい？」

「名前？　俺にそんな物、ない。あいつらは俺のことを、お前とか、アンタとか、おい、って呼んでた」

あいつら。それは恐らくこの少女の両親のことだろう。

我が子を捨てただけでなく、捨てる前からぞんざいに扱っていたというのがたったこれだけの言葉でリチャードは理解できた。

この世界を見守っている六柱《むはしら》の神の内の一柱《ひとはしら》水の女神アクエリアの加護を受けた者は髪が一部青みがかることがあるという情報を、何かの書物で読んだなと、この時リチャードは思い出していた。

そして、髪全体が青系の色に生まれた子供は水の女神アクエリアの巫女《みこ》たる資格を有しているともその書物には記してあった。

この少女が水の女神の巫女だったりするのだろうか、いや、まさかな。と、黙り込んで考えるリチャードに、少女が不安そうな顔を向けていることに気がついて、リチャードは申し訳なくなり手を伸ばして、少女のその綺麗な白髪にも見える薄い水色の髪を撫でた。

水の女神であり、地の女神とともに豊穣《ほうじょう》の女神として崇められるアクエリアではあるが、水の女神であるが故に沿岸部や川沿いの町など、水害の多い地域では邪神扱いされている。

この街の南にもそういう集落がある。

恐らくこの少女はそんな迷信が定着している場所から連れてこられ、そして捨てられたのだろう。疫病神《やくびょうがみ》、忌《い》み子《ご》と罵られながら。

「じゃあそうだなあ。綺麗な水色の髪にちなんで」

そこまで言って、リチャードは一旦口を閉じるとその口に自分の手を添え思考を巡らせた。

髪色全てが薄い水色のこの少女に、水の女神に因んだ名前や水に因んだ名前はもしかしたら今後の人生において重石《おもし》になるかもしれない。

なら、水色から想起させる何か別の、例えば空にちなんで名づけるのもいいな。

そう思ってリチャードは口を開いた。

「これから君をシエル。いや、もう少し女の子っぽい感じがいいか？　ふむ。ではシエラと呼ぼうと思うが、構わないかい？」

「シエラ？　それが俺の名前？　うん、嫌じゃない、かも」

「よし、じゃあ君は今日からシエラ。シエラ・シュタイナーだ。よろしくな」

「シエラ。シュタイナー。俺の、名前？　あんたと名前が同じなのはなんで？　あんたはなんでこんなに優しくしてくれるの？」

「う〜ん、なんと言えばいいのか。気紛れ。思いつき。いや違うな。そうじゃない。そうしたいと、君を助けたいと思ったから助けたし、優しくしてやりたいと思ったから優しくしている。私は自分の心に従っているだけさ」

「よく、分かんない」

「はっはっは。君には、ああいや。シエラにはまだ難しかったかな？　まあ、もう少し大きくなれば分かるかもな」

リチャードは笑いながらシエラの頭をポンポンと撫でる。

それを嫌がるでもなく、薄い水色の髪の少女、シエラは恥ずかしそうに下を向いて指をイジイジと手遊びしていた。

「シエラが眠る前にも聞いたが、良ければこの家で俺と一緒に暮らさないか？」

「でも俺は、あんたを襲った」

「ん？　昨日の話かい？　私は元冒険者だ、あんなもの襲われたうちには入らんよ」

「あいつらは私を捨てた、あんただって俺が邪魔になれば」

「捨てない、捨てるつもりはないよ。私は誓って君を一人に。あ〜、そうだなあ。一生は無理か。だがまあ、私が死ぬまでは君を一人にはしないことを私は私の誇りである剣に誓おう。神様に誓ってもいいぞ？」

シエラがリチャードの言葉全てを理解できたかは分からない。

しかし、自分の目を真っ直ぐ見て言うリチャードにシエラは涙を目に溜《た》め頷いた。

この日から元冒険者リチャードと、捨て子のシエラ。２人の生活が始まることになった。

「俺は、アンタのことなんて呼べばいい？　リチャードって呼べばいいのか？」

リチャードに撫でられながら、ふとシエラの放った言葉にリチャードはシエラの頭から手を離すと、顎に手を当て、シエラからの問いかけについて考える。

リチャードからすれば名前で呼んでもらうのは一向に構わない。だが、例えばではあるが、一緒に街に出掛けた時など、周囲の人たちに幼女を侍《はべ》らせている不審者と思われるかもしれない。考えすぎだが、同時に事実でもある。しかし、それで憲兵等に目をつけられるのはナンセンスだし馬鹿らしい。

ならば、と、リチャードは手をポンと叩《たた》いた。

「私のことは父親と思ってくれていい。シエラは私の養子ということにしよう。家にいるときは私のことは名前で呼んでくれて構わないが、私と外出した時は父上、お父さん、お父様、パパ、と。まあシエラが呼びやすいように呼んでくれればいいよ」

「パ、パパはなんか、恥ずかしい、かも」

リチャードの提案に言葉どおり恥ずかしくなり顔を赤らめ、シエラは下を向いて呟いた。

「親父、とかでもいいか？」

「う～む。いささか女の子らしさに欠けるが。まあ、構わないよ」

可愛らしい顔と男っぽい言葉遣いのギャップに、苦笑しながら応えるリチャードは、ふと視線の端《はし》に映った窓の外がオレンジ色に染まっていることに気がつく。

それとほぼ同時だろうか。シエラの腹からクゥ～と、可愛らしい音が鳴った。

「そろそろ夕飯にしようか。何か食べたい物はあるかい？　いや待てよ？　いきなりがっつりと肉を食べさせるのは痩せた体には危険か？　栄養面を考えれば野菜スープがいいが。となれば、夕飯はスープとパン、いや、東の大国ヒノモトから仕入れてもらった米を柔らかく炊いて。ふむ、よし。シエラ、私は夕飯を作ってくるから寝室へ行って着替えてきなさい」

「俺は、コレでいい」

リチャードに着替えるように促されるが、シエラは着ているリチャードのブカブカのシャツを愛おしそうに手繰り寄せた。

正面から見ると色々見えそうで大変危険である。

「う～む、そうかあ。シエラの為にせっかく買ってきたから、着てみせてほしかったんだがなあ」

「う、分かった。着替えてくる」

わざとらしく、残念そうに言ったリチャードの思惑どおり、シエラは恩人の期待には応えなければと渋々ソファから降りると寝室へと向かっていった。

足取りはしっかりしているが、いかんせん路地裏での生活が長かったシエラだ。後ろから見ていると今にも倒れるのではないかと心配になる。

明日は診療院にでも連れて行って病気を患っていないか診てもらうか。

リチャードはそんなことを考えながらシエラに続いてリビングを出ると、シエラに背を向けキッチンに向かい、夕飯の準備を始めた。

野菜を切り、スープを煮込み、米を炊く。

一人暮らしの独身男性ではあるが、リチャードは料理が好きだった。

パーティでクエストを受け、遠征していた時も女性陣に交じって一緒に食事を作っていた程だ。

そんな昔のことを思い出しながら、しばらく夕飯の準備をしていると、後ろからのもじもじした気配に気がつき、リチャードは振り返る。

そこには買ってきた服の中で一番楽に着ることができそうなワンピースを着たシエラが、キッチンの出入り口の扉に半分隠れるように立っていた。

「お、やはり思っていたとおりだ。よく似合ってるじゃないか」

「こういう服、初めて着たから。よく分からなくて。へ、変じゃないか？」

「変なものか、可愛らしいと思うよ。さて、すまないが夕飯が出来上がるにはもう少し時間が掛かる。隣の部屋がダイニングだから、そっちで座ってもう少し待っていてくれ」

「やだ、ここで見てる」

「そうかい？　分かった。まあ立ちっぱなしは疲れるだろう。見ている分には構わないから、その椅子に座っているといい」

「ん。分かった」


それからしばらく経って。

リチャードが夕飯を作り終えた頃には、太陽は地平線の向こうに沈み、夜空には数多《あまた》の星々が輝き、丸い月が太陽に代わって地平線からひょっこり顔を出していた。

「さあ、食べようか」

「本当に食べていいのか？」

「もちろん。これは私がシエラと一緒に食べたくて作ったんだからね」

キッチンからダイニングに料理を持って移動し、四角いテーブルにスープの入った鍋、サラダ、炊いた米、そして保冷室にあった林檎《りんご》やみかん等のフルーツを並べると、リチャードが座りながら言ったので、シエラも倣《なら》ってリチャードの対面に座った。

スプーンの持ち方もままならなかったが「スプーンはこうやって持つと食べやすいぞ？」と、リチャードが軽く教えたところ、シエラが不慣れな手つきながらもスープを飲み始めたのを見て、リチャードは微笑んだあと自分も手を合わせて組み、一礼すると食事を始めた。

それから少しばかり過ぎた時のこと、リチャードはシエラが大粒の涙を目に溜め、声も出さずに泣きながら食事を食べていることに気がつく。

「どうした？　熱かったか？」

「ううん、違う。よく分かんない。こんなに美味しい食べ物を、食べられるのが。嬉しいのかな」

「ふう、そうか。良かった。熱さで火傷でもしたんじゃないかと心配したよ」

火傷などではなかったことに安心し、胸を撫で下ろして微笑むリチャードの姿にシエラは不思議そうに首を傾げる。

そんなシエラが涙を拭い、水を飲もうとコップに手を伸ばした時だった。

手が滑ったか、水の入ったガラス製のコップをシエラは床に落としてしまった。

パリンと割れた小さな音を聞いて「ああ、割れてしまったか」とリチャードは割れたコップを片づける為に立ち上がる。

「あ、ごめん、なさい。俺、割るつもりなんて」

「構わないよ。それよりもシエラ、怪我はないか？　水もかかったんじゃないか？　ああやっぱりか。少しばかりかかってしまったようだな。いや、まあコップに関しては気にすることはない。丁度良かったよ。もう随分《ずいぶん》長いこと使い続けていたコップだったからね。そろそろ買い替えるために」

捨てようと思っていた、そう口にする寸前でリチャードは間一髪、言葉を呑《の》み込んだ。

捨て子であるシエラに捨てるという言葉は無配慮《むはいりょ》、無遠慮《ぶえんりょ》に過ぎるかと案じたのだ。

「交換する手間が省けたよ、ありがとうシエラ」

「俺、悪いことしたのに。なんでお礼なんか」

「悪いこと？　コップを割ったことがかい？　まあ確かにわざとなら悪いことだが、シエラにはそんなつもりなかったんだろう？　それにシエラは反省しているし、もう謝ったじゃないか」

リチャードの言葉にシエラは無言で頷くが、やはり罪悪感からか、ぽろぽろ涙を流して泣き出してしまった。

こういう時どうしたら良いのか、リチャードは知っている。

その昔、まだ駆け出しだった頃。街の南に位置する教会が運営している孤児院の子供たちの世話を冒険者のクエストとして手伝ったことがあった。

まだ若造だったリチャードがその孤児院を営《いとな》む教会の獣人族のシスターから聞いたことがある。

「泣いている子供には、こうして抱き締めてあげるのが一番なんですよ」

と、狼型の獣人族のシスターに言われたその時は、結局リチャードは子供をあやせなかったが、今回は大丈夫だった。

リチャードは優しく包むようにシエラの頭を抱擁すると、ポンとシエラの頭に手を置いて撫でた。

そのリチャードの行動に、自分は許されたのだと感じ、シエラはリチャードの胸に顔を埋めて、自分を救ってくれた男の服を離すまいと精一杯の力で摑んだ。

「さあ、食事が終わったら風呂に入って、眠くなるまでゆっくりしよう」

「ん。分かった」

風呂というものはリチャードの住む街において、各家庭に完備されているという訳ではない。

ごく普通の家庭は身体を洗う際は大衆浴場に行ったり、暑い日等は井戸水を浴びたり、体を拭くに留めるのが割と一般的だ。

リチャードの家のように一軒家に風呂がある家庭もあるが、そういう家庭はリチャードのように元含め金を持っている冒険者だったり、商家だったりで、王家や貴族ともなるとお風呂というよりは大浴場が城や屋敷に設置されている。

「使い方が分からないんだから、当然ではあるか」

「ごめんなリチャード、わがまま言って」

「わがまま？　一緒に風呂に入りたいってのがかい？　はっはっは、可愛らしいわがままもあったものだな」

少し前、食事を終えた二人は着替えを持って風呂場へと向かった。

リチャードが浴槽の横についている魔石を使ってお風呂の沸かし方をシエラに教えるが、そもそも魔力の放出など、練習していない子供にできるはずもない。

であるが故に、とりあえずリチャードがお風呂を沸かし、自分は待っているからと、先にシエラに風呂に入るように言って、脱衣場から立ち去ろうとした。

しかし、そもそもシエラはお風呂がどういう場所で、何をすればいいのか分からなかったことや、リチャードが説明した際に「使い方がわからないし一人は怖いから一緒に」と涙目で言われてしまった結果。

いま二人はリチャードがシエラを抱えるようにして浴槽のお湯に浸かっている、という訳だ。

「はあ〜やはり風呂はいいなあ」

「リチャード、ちょっと熱い、かも」

「ん、それはいかんな。ちょっと冷やすか」

浴槽横についた魔石を操作して水を足し、適温になったのか、初めてお湯に浸かっているシエラも気持ち良さそうに「はあ〜」と先程のリチャードのように声を出してご満悦の様子だ。

「さて、体は温まったかな？　体を洗うぞシエラ」

「体を洗う？　お湯に浸かっているだけじゃ駄目なのか？」

「ああ駄目だ。さあおいで、こっちで私と同じようにしてみなさい」

「ん、分かった」

言われるままにシエラはリチャードに続いて浴槽から出ると、リチャードの横にちょこんと座った。

いつもなら石鹸で頭を洗っていたリチャードだったが、購入した頭髪用洗剤のことを思い出し、リチャードは洗剤が入った小瓶を手に取る。

「ふむ、少量手に取り泡立てる、だったか。どれどれ」

リチャード自身も初めて使う頭髪用洗剤、シャンプーを手に出して泡立てると、シエラにもその泡を分けて2人で頭を洗い始めた。

「ほう、こいつは凄い。髪が艶やかになるのが分かるな」

「リ、リチャード。泡、泡が目に入りそう」

「おお、待てまて、洗い流してやろう。ギュッと目を閉じているんだぞ？」

桶《おけ》に浴槽のお湯を汲《く》み、隣にちょこんと座るシエラにそのお湯をかけながら頭を撫でるように洗っていくリチャードだったが、この時、泡の魔の手はリチャードの目にも迫っていた。

「む？　ぐ、おお！　目が！　目がしみる！」

「リチャード!?　お湯、お湯をッ！」

とまあ、そんなこんなで頭を洗い終わった2人は次に体を洗い、再び浴槽のお湯に浸かると、揃って「はあ～」とお湯の気持ちよさに声を漏らした。

「お風呂って、気持ち良い」

「だろう？　お風呂は体と一緒に心も洗うから気持ち良いんだそうだ」

「心？」

「シエラにはまだ難しいかな？　まあいつか分かるさ」

心地良い風呂での時間も終え、シエラの体や頭を拭きながら、リチャードは「この子がいま十歳と仮定して、あと五年経って成人する頃には私は四十の一歩手前か。うーむ、歳は取りたくないもんだなあ」と思い、少しばかり哀しくなってしまっていた。

「シエラ、喉は渇かないかい？」

「ちょっと、渇いてる」

「よし、ならあの甘い砂糖入り牛乳を作ってあげよう」

「ありがとう、リチャード」

「構わないよ。私も飲みたいからね」

着替えた二人はキッチンへ。

小さなコップに入れた甘い牛乳を、腰に手を当ててグイッと一気に飲むリチャード。

それを見て、シエラもリチャードの真似をして一気に牛乳を口に含んで飲み込んだ。

夕食前に与えた牛乳が入ったコップに比べると随分小さいコップだ。腹を壊すことは、おそらくないだろう。

「さて、どうするかな」

昨晩はシエラの世話で一晩があっという間に過ぎ去ってしまったリチャードにとって、今日が本当の意味で冒険者を引退してから初めて、のんびりした夜になった。

シエラを伴ってリビングに向かい、流石に夜は冷えるからとリチャードはリビングの扉とは反対側の壁際にある暖炉内の薪《まき》に魔法で火を点けると、昼間のように扉側にある三人掛けのソファに腰を下ろす。

「眠たくなったら言うんだぞ？」

「ん。眠たくなったら、言う」

リチャードは離れて座ったシエラにそう言うと、ローテーブルに置きっぱなしだった小説に手を伸ばしてページを捲《めく》った。

「それ何？」

「ん？　小説だよ。読んでみるかい？」

「いい。俺、字は読めないから」

リチャードに差し出された本に視線を落とし、なにも理解できないシエラはそう言うと首を横に振った。

この世界の識字率は決して低くはない。

義務教育《ぎむきょういく》などはない世界だが、職に就き、金を稼ぐ為には文字数字の習得が必須な為、字は親から子へと代々伝えられてきた。

それができないようなら、時には教会で神父やシスターが、時には冒険者たちがクエストとして字を教えることもある。

そんな世界で字が読めない。

それはつまり親から何も与えられなかったという証拠でもあった。

「よし、シエラ。今日から字の勉強もしよう。私がシエラに文字を教えるよ」

「俺が字を読めるようになったら、リチャードは嬉しいか？」

「ああ。嬉しいとも」

「わかった。じゃあ頑張る」

「良い返事だ。となると。何か良い資料か、使えるような本があっただろうか」

読みかけの小説をローテーブルに置き、部屋の一角に置かれている本棚へと向かったリチャードは何か字を教えるのに役立ちそうな本を探すのだが、いかんせん本棚に入っているのはリチャードの趣味の小説や魔物の生態が記された図鑑のような資料ばかり。

結局、リチャードが選んだ本といえば先程ローテーブルに置いた小説の1巻からの続刊だった。

それを持ってきて、シエラの横に座ると、持ってきた小説を教材代わりに使い、この文字は口に出すとこう、と、しばらく教えてみるが、幼い子供が直ぐに全ての文字を覚えられるわけもない。
次第に集中力が切れていくと、シエラは睡魔に襲われたか、ウトウトし始めてしまった。

「おや。そろそろおネムかな？」

「ん、眠たい」

「分かった。今日はここまでにしよう。おいで、寝室まで送ろう」

リチャードが立ち上がり、シエラに向かって手を伸ばすと、シエラはその手を摑んで立ち上がる。
そして部屋を出ていこうと歩き出した際に、シエラは扉のそばにある光る魔石を使用するランプが置いてある、背の低い棚に立てかけられた小さな額縁を見つけた。
その額縁には絵は飾られておらず、中に文字の書かれた紙が一枚入っている。

「え、す？　リチャード、これなんて読むの？」

「お、ちゃんと読めるようになってきてるな。偉いぞシエラ。これは【Sランク冒険者証明書】と読むんだ。さあ、今日はもう寝ような」

冒険者は見習いから始まり、Casual《カジュアル》、Better《ベター》、Ace《エース》、Superior《スペリオル》、Extra《エクストラ》の頭文字からとって、見習いは見習いとして、Cランク、Bランク、Aランク、Sランク、EXランクとランク付けされる。冒険者の中でもSランク冒険者といえば上から2番目のいわゆる高ランクに位置するわけだ。
見習いは弱い魔物を数人で狩り、Cランク冒険者は弱い魔物を単独で倒し、Bランク冒険者は強い魔物をパーティで倒し、Aランク冒険者はBランク冒険者が手こずる強い魔物を単独で撃破する。
ではSランク冒険者はというと？　Aランク冒険者が倒せないような災害にも等しい脅威の魔物をパーティで討伐できるのがSランク冒険者という存在で、戦時においては一つのパーティで一個師団に並ぶ程の戦力となる、といわれている。

更に上のEXランクの冒険者となると、それはいわば所属する国の強さの頂点。他国に対する抑止力のようなものになる。

Sランクが手こずる化け物を単独で撃破する人の皮を被った化け物とすら呼ばれる存在。

それがEXランク冒険者。未だにこの国で認定されたのは片手で数えられる程しかおらず、現在では神話の登場人物のような扱いになっている。

「結局、私は届かなかったな」

リチャードはシエラが読んだ額縁を苦笑しながら倒して伏せると、手を繋《つな》いでシエラと寝室へと向かった。寝室に入ってベッドの近くまで歩き、掛け布団を捲って今にも立ったまま寝てしまいそうなシエラを横抱きで抱えてベッドに寝かせる。

「おやすみシエラ。また明日な」

「やだ。リチャードと一緒に寝る。一人は嫌だ。だからお願いリチャード。一緒に寝よ？」

「ソファで眠る予定だったんだが。そう言われては断れんな。少し狭いが構わないかい？」

「うん。一緒なら、狭くてもいい」

リチャードはシエラの隣に寝転び、掛け布団を引っ張り寄せ、自分とシエラに掛けると昨晩と同じようにシエラの腹辺りをポンポンと撫でた。

しばらくもしないうちに眠りに落ちたシエラを起こさないように、布団から出ようとしたリチャードだったが、そこでリチャードはシエラにシャツの裾をギュッと握られていることに気がつく。

「おや？　ははは、敵わんな。大人しく一緒に寝るか」

リチャードは困ったように苦笑し肩を竦《すく》めると、再びシエラの横に寝転んで目を閉じた。


一夜明け、寝ぼけ眼を擦りながらもシエラとリチャードは共に朝食を食べ、そのあとはリチャードがシエラに教えながら歯を磨く。

その後、しばらくリビングで寛いだリチャードは常用の黒いシャツとズボンに着替え、出掛ける準備をしてシエラが着替え終わるのを待っていた。

「好きな服を選べとは言ったが。いささか露出が多くないかい？」

「駄目？」

「いや、まあ駄目とまでは言わんよ。元気そうでむしろ良いまである」

「外に行くなら、動きやすいほうがいいかなって、思って」

今のシエラの格好は、下は四分丈のレギンスの上に短パン、上は胸だけを隠したチューブトップの下着に半袖のシャツを前のボタンを開けて着ている。

昨晩着ていたワンピースの時に比べると随分活発な印象だ。

「一見すると小さなスカウトのようだな」

「スカウト？」

「冒険者の中でも素早さや器用さに特化して鍛えている人たちのことだよ。斥候役でもありパーティの先陣を担う事もある。ところでその格好、寒くはないのかい？」

「リチャードと一緒ならここがポカポカして暖かいから大丈夫」

言いながら、シエラが胸あたりを手のひらで触り、微笑んだのを見て、初めて見たシエラの笑顔にリチャードは驚いて目を丸くして「愛らしく笑うじゃないか。随分懐かれたものだ」と、嬉しくなりシエラに微笑みを返した。

「まあシエラがそれでいいならいいか。よし行こう、手は繋ぐかい？」

「ん、繋ぐ」

仲良く手を繋ぎ、自宅を出た2人。

シエラの白髪にも見える薄い水色の髪が太陽に照らされてキラキラ輝く様子は、まるで水面が陽光を反射するように美しい。

「生活用品店の店員には感謝しなければならんな」

風になびくシエラの短い髪は出会った当初のボサボサとは違いストレートに下に向かって伸びている。

ややお高い買い物だったが、頭髪用洗剤の効果は大いにあったわけだ。

しばらく歩き、辿り着いたのは街に点在する診療院の内の一軒。リチャードの家から最も近い診療院。

「あら？　シュタイナーさん？　珍しいですね。今日はどういったご用件かしら」

「やあヒーラーさん。今日用があるのは私ではなく娘でね。細かい部分は省かせてもらうが、昨日養子を迎えたんだ。それで、鑑定診察をお願いしたいんだが」

「あらあらまあまあ。なんて可愛らしいんでしょう。分かりました鑑定診察ですね。しばらく掛けてお待ちください」

ヒーラー。看護師の年配女性はシエラを見て微笑むと、リチャードに言って何やら書類を書き始めた。

待合室にはチラホラ人がおり、その中の数名は口に手を当て咳《せ》き込んでいる。

「ここで何するの？」

「シエラの体に怖い病気がないか診てもらうのさ。人は健康でいるのが。一番だからね」

「俺、病気なのか？」

「それを今からお医者さんに診てもらうんだ。大人しくできるかい？」

「うん。リチャードが。親父が望むなら大人しくしてる」

「そうか、偉いな」

シエラの頭をリチャードは撫でた。

他の来院者はそんな二人を微笑ましく眺めている。

それからしばらく座って待っていると、不意に先程の年配のヒーラーに「シュタイナーさん。こちらの診察室のほうへどうぞ」と呼ばれたので、二人は案内されるがまま診察室へと向かった。

木の廊下が微かに軋《きし》みを上げ、三人分の足音が静かな診療院に響く。

「ごきげんようリチャードさん、今日は娘さんを連れてきたって？」

「ええ、養子ですがね」

「ふむ、まあ詮索はしませんよ。失礼ですからね」

「お気遣いありがとうございます。シエラ、先生に挨拶《あいさつ》できるかい？」

「ん。シ、シエラ。シエラ・シュタイナー、です。よろしく、おねがいします」

「はい、よろしくねシエラちゃん。じゃあさっそく鑑定診察を始めましょうか」

受付の年配ヒーラーより更に歳を重ねた皺《しわ》の目立つ、この診療院の院長がリチャードの目の前の椅子に座らせたシエラの頭に手をかざす。

少しばかり身じろぐシエラだったが、後ろに立つリチャードが「大丈夫だシエラ。何も怖くないよ」と呟いたので、それを信じて姿勢を正すと、院長が発動した魔法を大人しく受けた。

そして、診療院の院長は鑑定魔法でもたらされた情報を鑑定書に書き記していく。

時折「ほう」と呟いたりするが、その皺の浮かぶ顔には笑みが浮かんでいた。どうやら悪い病気はないことがうかがえる。

「養子、だったね。そうかい。良かったねシエラちゃん。この人に引き取ってもらえて」

鑑定魔法が使えないリチャードには院長がシエラの情報がどこまで視えるのかは分からない。

しかし、その悲しいやら安堵《あんど》しているやら複雑な表情からシエラが捨て子だというのはバレているようだ。

「悪い病気はないね、安心しなさい。栄養不足とあるが、まあそれも改善中みたいだし問題はなさそうだ。やや成長に遅れが診られるが。まあこれは、仕方ないかね。それも今後の生活次第。それから、凄いじゃないか。女神アクエリア様の加護を賜《たまわ》っているようだ。それもかなり強力なね。恩恵は理解しているかい？」

院長の言葉に「やはりか」と思いつつリチャードは頷く。

女神アクエリアの加護。触れた水の浄化、水魔法への耐性と親和性の向上など水にまつわる各種加護をシエラは賜っていたのだ。

一部に青みがかる、なんてものではない。

一見すると白髪にすら見えるシエラの髪だが、毛先は濃い青で、他は薄い水色。

頭髪に加護の影響が現れるこの世界でシエラの髪色はかなり特別な意味を持つ。

強力な水の浄化効果。体内に入った毒素すら消し去るこの恩恵が、シエラがリチャードと出会うまで生き延びることができた要因の一つと考えられる。

「私も長いこと生きているが、これだけ強力な加護も珍しい。リチャードさん、シエラちゃんをしっかり育ててあげてくださいね」

「ええ、もちろんです先生」

「よし、診察はこれで終わり。で、これが鑑定結果ね、じゃあシエラちゃん、お父さんと仲良くね」

「ん。ありがとう」

院長に頭を下げてお礼を言い、受付に戻って会計を済ませると、二人は家に帰らず街の市場のほうへと足を向けた。

「シエラ・シュタイナー、か」

渡された鑑定書に書かれた名前を見ながらリチャードが頬を緩める。

不思議な感覚だと、リチャードは鑑定書を折り畳んでズボンのポケットに入れながら思う。

鑑定書にシエラ・シュタイナーと記入されたということは、鑑定した院長ではなく、鑑定結果を院長に魔法の効果として報せたこの世界の神が二人を家族と認めたということになる。

嫁どころか、恋人すらできたことがないのに、リチャードは娘を授かった訳だ、聖母のように。

「親父？」

「いや、なんでもないよ。そうだシエラ、おいしいケーキでも食べないか？」

「ケーキ？　ケーキって何？」

「砂糖入り牛乳より甘くて美味しい食べ物さ」

「おお〜。食べたい」

「よし、じゃあお店に行こう、足が痛くなったり、疲れたら言うんだぞ？」

二人は街の市場にある喫茶店へと休憩を挟みながら向かう。

そんな二人を晴れ渡る青い空が祝福しているようだった。


診療院で診察をしてもらった日から数え、シエラとリチャードが共に暮らし始めて数日が経った。

よく晴れたその日。シエラが昼寝をしている内に買い物に行っておこうと考えたリチャードは食材を求めて市場へと足を向け、野菜を扱っている屋台の前で足を止めた。

緑黄色野菜はもちろん根菜類も豊富に取り揃えてある。この辺りの農家は今年も豊作らしい。

「やあ店主、儲《もう》かってるかい？」

「やあリチャードさん。そうだねえ、今年もなかなかに順調だよ」

野菜屋の店主と挨拶を交わし、今晩の夕食のポテトサラダ用のジャガイモ、場所によってはバレイショと呼ばれている根菜を手に取り、拳よりやや小さいソレをリチャードは店主の前に置いてある木でできた器の中に数個、入れていく。

そんな時だった。

「いらっしゃいませえ」

と、野菜屋の店主の後ろからひょこっと小さな女の子が顔を出して言った。

「おや？　今日はお嬢さんも一緒かい？」

「ええ。ここ最近甘えてましてね」

「仲が良いのはいいことだよ。お嬢ちゃん、お父さんは好きかい？」

ジャガイモとキュウリ、トウモロコシ、玉ねぎなども器に入れながらリチャードが言うと、五、六歳くらいの店主の娘は白い歯を見せてニコッと笑うと、店主の後ろから出てきて「大好き！」と元気よく答えた。

「私ね、将来パパのお嫁さんになるの！」

「おや、嬉しいことを言うじゃないか。まあこう言ってくれるのも、今のうちなんですけどねえ。上の娘もこの年の頃は」

何か思うところ、というか何かあったのだろうか。

店主は娘の言葉にニヤケ面になったかと思うと、直ぐに暗い表情を浮かべて目頭を押さえて晴れ渡る空を見上げた。

涙は流れていなかったが何故だろうか、リチャードには店主が泣いているように見えた。

野菜を買い終えた後は日用品も買い足し、買い物を済ませたリチャードが自宅へと戻って玄関の扉を荷物を抱えたまま開く。

すると中から、外出時には昼寝をしていた部屋着姿のシエラが飛び出してきてリチャードに抱きついてきた。

「おお？　どうした？　怖い夢でも見たか？」

「起きたらリチャードがいなくて。家のなか探してもいないし。俺、また一人になったのかと」

「甘えん坊さんめ、すまなかった。今度出かける時は一度声を掛けるよ」

「ん、そうしてくれると嬉《うれ》しい」

目に涙を溜め、泣きそうになっているシエラをなだめる為にリチャードは買い物を入れた麻の袋を地面に置くと、シエラの頭を撫でた。

撫でられたシエラは嬉しそうだ。頬が緩んでいる。

シエラは涙を拭くと、リチャードを手伝うために置いた袋を持ち上げようと袋に手を伸ばした。

しかし、瑞々《みずみず》しい野菜というのは思いのほか重いものだ。

他に買った日用品と相まって、動かないほどではないが今の痩せたシエラにとっては重量物であることに変わりはない。

しかし、手伝おうとしてくれている心遣いを蔑《ないがし》ろにするのもどうかと思い、リチャードは袋の中から先ほど買ったジャガイモをいくつか渡した。

「手伝ってくれるとは、シエラは気が利くな。これをキッチンの水場に頼む」

「これ洗う？」

「ああ、土を落としてくれ。今日はそれを使ってポテトサラダという料理を御馳走《ごちそう》するよ」

「ん。リチャードのご飯は全部美味しいから、楽しみ」

シエラを先に行かせ、リチャードは買い足した日用品を倉庫という名の武器庫に片づけてからキッチンへ向かう。

先にキッチンに来たシエラはというと、先日リチャードに教えてもらった魔力操作で魔石のついた蛇口から水を出してジャガイモを洗っていた。

「皮むきは私がやるから、シエラはそれが終わったら保冷庫からマヨネーズを作るための材料と卵を持ってきてくれ」

「マヨ、なに？」

「ポテトサラダに必要な調味料の一種でね、主材料は食用油、酢、卵。瓶に名称を記した紙が貼ってある。もう随分文字も覚えたようだし、探して持ってきてくれるかな？」

「ん、わかった。洗い終わったら、持ってくる」


その後、夕飯の準備を終えた二人はキッチンからダイニングへと料理を運び、いつものようにテーブルに対面で座り、夕食を食べ始めた。

本日のメニューはリチャード特製ベーコン入りポテトサラダ、魚の揚げ物、スープ、そして今日はライスではなくパンを頂く。

シエラは初めて食べたポテトサラダをかなり気に入ったようだ、取り分けた分を食べ終わるとテーブルの真ん中に置いた木の大皿から自分の小皿にサラダをおかわりしていた。

「気に入ってくれたようだ。しかし、他の料理も食べないとサラダだけでお腹一杯になってしまうぞ？」

「ん、大丈夫。ちゃんと全部食べる」

「よく噛《か》んでな」

「ん、分かった」

リチャードに言われ、自分で宣言したとおり、シエラは他の食事も平らげた。

膨らんだお腹を満足そうに抱え、シエラは満腹感にご満悦だ。

食事後の一休みのあと。空になった器を重ねたリチャードが食器を片づける為に立ち上がろうとすると、シエラも手伝おうと席を立った。

そんなシエラにいくつか木製の食器を渡して、二人は再びキッチンへと向かい、リチャードが食器を洗い、それを受け取ったシエラが水気を拭きとって、最後には手分けして食器や調理器具を棚に片づけていく。

それが終わると、二人は食後のドリンクであるコーヒーの入ったポットと二人分のカップを持ってリビングへと向かい、いつものようにソファに腰を下ろした。

リチャードに心を許してきているのか、出会った数日前などはソファの端に座っていたシエラだったが、今ではリチャードにピッタリくっついてソファに腰を下ろすようになっていた。

「なあリチャード」

「ん？　どうした？」

「この王子様とお姫様が結婚してってところなんだけど。結婚ってなに？」

コーヒー片手に小説を読むリチャードに、先日買ってもらった絵本を同じように読んでいたシエラがあるページを見せながらリチャードに聞く。

「ふむ、どういえば分かりやすいか。そうだなあ、好きな人同士がずっと一緒にいるってことかな」

「リチャードにはそういう人いないのか？」

「生憎《あいにく》と縁が、まあ、なくてね」

「じゃあ、俺がリチャードのお嫁さんになる」

このシエラの言葉を聞いて、リチャードは昼間の野菜屋とその娘さんの会話を思い出していた。

嬉しいやら恥ずかしいやら、何とも言えない感情がリチャードの胸に湧き水のようにあふれ出す。

あの時の野菜屋の店主もこんな気持ちだったのだろうか、そんなことを思いながらリチャードは微笑みを浮かべると小説を置いてシエラの頭を撫でた。

「それは嬉しいなあ、でもそういうのはもっと大人になって、好きな人ができてからその人に言ってあげなさい」

「大人になったら？」

「そうだ。今のシエラには難しい話かもしれないが、この人が好き、この人とずっと一緒にいたいって思える人に言ってあげるといい」

「わかった、大人になったら。もう一回言う」

「ん？　ああ、そうしなさい」

リチャードに寄り添うシエラの顔は赤く染まっている。

だが、リチャードの目線の位置からはシエラのその様子は見えない。

初恋の相手が兄や父親だという話は聞いたことがある。

しかし、シエラの場合はどうなるのか。未来のことはまだ分からない。

リチャードが冒険者を辞めてしばらく経った。

長らく冒険者としてクエストをこなし、冒険を重ねて強くなり、時には怪我をして療養の為に休んだりもした。

その療養期間の度にリチャードは魔物の生態を研究する学者だった父のように、この世界に蔓延《はびこ》る魔物の生態を学び、力だけではなく知識を用いて戦い続け、そして生き残ってきた。

そんなリチャードの知識を欲して、ある日、昔の仲間たちがリチャードの家を訪れ、玄関の扉のドアノッカーを叩いた。

「お久しぶりです。リチャード」

「やあ。久しぶり、と言うには早い再会だなミリアリス。まあ、入ってくれ。遊びに来たわけでもあるまい。何か話があるんだろう？」

リチャードは、わざわざ訪ねて来てくれた、引退するまで約十年所属していたパーティの仲間五人を招き入れてリビングに迎えた。

そこで五人はリビングのソファで座って小説を読んでいるシエラを見つける。

シエラはシエラで突然現れた五人の知らない人物に驚き、小説を持ったまま先に入ってきてソファの前に立ったリチャードの傍《かたわ》らに寄り添った。

「リチャード、その子は？」

「ああ、紹介しよう。私の娘のシエラだ。シエラ、彼らに挨拶を。みんな私の友人でね」

「ん。はじめまして。シエラ・シュタイナーです。よろしく」

「あ、え？　ああ、はじめまして、よろしく。え？　娘？　リチャードが結婚してたなんて聞いたことないぞ？」

「彼女は養子だ。縁があってね、引き取って一緒に暮らしているんだよ」

リチャードの元仲間たちはシエラの存在とリチャードの言葉に驚いて目を丸くしていた。

青天の霹靂《へきれき》、というやつだろうか。

しばらく仲間たちはシエラを見つめて動かなかった。

「今日はどうした？　私の引退を受け入れてくれた君たちが私を引き戻しに来た訳ではあるまい？」

「俺たちを育ててくれた恩師であるリチャードを引き戻したくないと言ったらそれは嘘《うそ》だ。正直俺たちは、いや皆が違う考えでも、俺はアンタをまた仲間に加えて冒険したいと思ってる。でも」

リチャードの言葉に金髪の青年トールスが、シエラの頭に手を置いているリチャードと、その手を嫌がらずにリチャードの横に立つシエラを見て、悲しそうに顔を歪《ゆが》める。

「こら、違うでしょトールス。私たちがここに来たのはリチャードの知恵を借りる為でしょ」

「分かってる。分かってるよミリアリス。すまない、先生の顔を見たらつい」

大剣使いの青年トールスを叱ったミリアリスの言葉に、リチャードは「相変わらずだな」と苦笑する。

そして、リチャードはシエラにソファに座るように促してから一緒にソファに座ると、五人の元冒険者仲間たちにも座るように促した。

「さて、本題に入ってくれるかい？　私の知恵、知識は君たちに十分伝えてきたと思うんだが」

「そうですね先生。いえ、リチャード。本題に入りましょう。私たちSランクパーティ【緋色の剣】

は明日からアースドラゴンの討伐に向かいます。リチャードが抜けてから初めてのSランクの依頼です」

「アースドラゴン、地龍種の中では一番オーソドックスな個体だな。今の君たち五人なら問題ないと思うんだが」

「ありがとうございます。そう言っていただけるだけでも自信に繋がります」

リチャードがパーティに所属していた頃から、依頼遂行中のリーダーはミリアリスが務めていた。数ある魔法の中で回復魔法が得意である彼女だが、後方に控えている彼女だからこそ、パーティ全体の動きが把握しやすいからというのと、単に彼女が一番弁がたつという理由からだった。

「今回のクエストからはリチャードの都度のアドバイスがありませんからね。アースドラゴンの弱点の再確認と討伐作戦に穴がないか、それだけ確認していただきたくて、不躾《ぶしつけ》ながら今日はこうしてお邪魔しました」

「そう固くならなくていいよ。引退したとはいえ友人であることに変わりはあるまい？」

この後、リチャードは元パーティメンバーの持ってきた資料を確認しながら、飛行能力はないながらも災害に匹敵する力を持つ魔物であるアースドラゴンの攻略法等の再確認を手伝った。

「ふむ、よく私の教えたことを覚えていたな。作戦に関しても特に問題はないように見える。資料どおりの巨体なら山岳地帯は動けるルートには限りがあるしな。だが油断するなよ？　相手は賢い生物だ」

「油断と慢心は死を招く。リチャードの教えでしたね。分かりました、ありがとうございます」

資料を片づけ、ミリアリスは立ち上がるとそう言いながら頭を下げる。

そして五人はクエストの最終準備の為に帰る支度を始めた。

「シエラさん、でしたか。娘さんも冒険者を目指すのですか？」

「いや、この子の将来はこの子のものだからね。私は強制するつもりは全くないよ。まあ、シエラが冒険者になりたいと願うなら、私は止めるつもりはないがね。何故そんなことを聞くのかな？」

「Sランク冒険者であり、私たち五人をわずか数年でSランクに導いたリチャード・シュタイナーが直々に育てる若い冒険者。見てみたいと思うのは当然では？」

「大袈裟に言う。私は大して何もせず、君たちが努力のすえ辿り着いたSランクだというのに」

「リチャードは卑屈に過ぎます。貴方だって十分。いえ、失礼しました。改めて今日はありがとうございました先生。また皆で遊びに来てもいいですか？」

「ああ。次来た時は何かお菓子か手料理でも出すよ」

「楽しみにしてます。では先生、行ってきます」

「ああ。行ってらっしゃい。君たちに六柱の神の御加護《ごかご》があらんことを」


かつての仲間がSランククエストの為に旅立ったその夜。

リチャードはシエラにせがまれて昔話を聞かせていた。

小説や絵本の話ではない。

シエラが聞かせてほしいと願ったのはリチャードがこれまで歩んできた人生の物語。

リチャードはシエラの願いを聞き入れて自分の過去、冒険者になってから引退するまでの話を少しずつ聞かせることを約束してその日はリビングで、そして寝る前のベッドの上でシエラに話を聞かせた。

　いや、聞いてもらった。

「リチャードの師匠も凄い人だったんだな」

「いやはや、当時子供だった私は師匠が凄い人だとは思ってなくてね。日中から酒は飲むし、女遊びやギャンブルもするしでな。ただ、様々な武器の扱いに精通していてな、結局最後まで勝つことはできなかったよ」

「その人、今は？」

「死んだよ、クエスト中にな」

「なんで死んだの？」

「師匠に同行していた仲間の話だと、その仲間たちを逃がすために囮《おとり》になったんだそうだ。いい加減な人だったが、仲間思いの人ではあったからな」

　当時のことを思い出しながらリチャードはシエラを寝かせる為にいつものようにシエラの腹を軽くポンポンと一定のリズムで優しく撫でるが、今日のシエラはいつものように微睡《まどろ》むことすらなく、リチャードの話を興味津々に聞いていた。

　冒険者の生の体験談だ、シエラにとっては小説や絵本の物語より想像しやすくて聞いていてワクワクする話だったわけだ。

「リチャードが魔物を倒すのに剣を使うのはなんで？」

「ん？　ああ、いやなに。単純に才能がないのさ。高位の魔法を使いこなすには魔力の総量は足りないし、魔剣士として戦えるほど器用でもなくてね。師匠の遺品から槍《やり》やら魔導銃《まどうじゅう》なんかも使ってみたが性に合わなくて、結局剣に落ち着いたという話さ」

「そうなんだ。剣も槍も分かるけど、さっき言ってた魔導銃ってなに？」

「ふむ、なんと説明すればよいか。猟銃は分かるかい？」

「ううん、分かんない」

「となると説明が難しいな。よし、明日見せてあげよう、だから今日はもう寝なさい。いいね？」

「ん。分かった。寝る」

リチャードの言葉に目を閉じるシエラ。そんなシエラの横でリチャードも目を閉じた。

この夜。昔の話をしたからだろうか、リチャードは昔の、まだ冒険者として駆け出しの頃の夢を見た。

シエラに話した魔導銃を使う練習を師匠である冒険者、エドガー・リドルに見てもらっていた時の夢だ。

「っかああ！　へったくそだなあリックゥ！　そうじゃねえよ！　魔導銃は猟銃じゃなくて、どっちかっつうと魔法使いの杖《つえ》みたいなもんだって言ってんだろうが。ほれ、貸してみ。使い方見せてやんよ」

「うっせえなあ。こんなん当たるかよ！」

悪態をつきながら少年だった頃のリチャードは師匠に向かってマスケット銃にも似たそれを力いっぱい投げつけた。

それをまるで食卓に置かれている皿でも取るかのように、片手でボサボサの焦げ茶の髪を掻きながら易々と師匠であるエドガーは受け止めると、ろくに照準もつけず、それどころか的代わりに使っている木から狙いを大きく外した状態でトリガー部分に組み込んでいる魔石に魔力を込める。

ライフリングの代わりに刻まれた螺旋《らせん》状の魔法陣を通過し、弾丸の代わりに放たれる加速した魔力の塊《かたまり》。

それが大きく湾曲して先ほどまでリチャード少年が必死に狙っていた木を貫いた。

「ドヤァ」

「っち。うっぜえ」

「おめえはホントに可愛くねえなあ」

「まあ師匠が師匠だしな」

「はっはっはあ！　よし、剣を取れ坊主。ボコボコにしてやる！」

「はあ？　負けるかよ酔っ払い！」

悪夢、とは少し違うが、翌朝目を覚ましたリチャードは体を起こすと深くため息をつき、シエラを起こさないようにベッドから出て朝食の準備を始め、それが終わると武器庫へと向かい、壁にかけて埃《ほこり》を被っている夢に出てきた魔導銃を手に取った。

持ってきた手拭いで埃を拭き取り、魔力伝導率が高い金属部品は錆《さ》びている部分を軽くヤスリで磨いていく。

「シエラとの約束だしな。久々に使ってみるか」

夢に出てきた師匠に対する対抗心か、今日こそは魔力弾を命中させようと心に誓い、リチャードは銃を持ち出して玄関に持っていくと、剣と一緒に靴箱の横に銃を立てかけた。

シエラが目覚め、食事を終えた後。

二人は魔導銃の試射の為に冒険者ギルドへと足を運んだ。

出かける直前までは昔よく行っていた街の近くの森まで行くかと考えていたリチャードだったが、街の外に出ると魔物と遭遇するリスクが生まれる。

自分一人ならどうとでもなるが子連れとなるとやはり危険だ。そう考えた末にリチャードは冒険者ギルドの鍛練場《たんれんじょう》を使わせてもらおうと考えたのだ。

「さて、ギルドマスターは果たして了承してくれるだろうか」

「ギルド、マスター？」

「冒険者ギルドで一番偉い人のことさ」

「ふーん」

手をつないで街を歩くリチャードとシエラはそんな会話をしながらギルドへ向かっていた。

そんな時、リチャードとシエラは子連れの女性とすれ違った。

シエラが手を繋いで歩く母と子を目で追い、すれ違い様に振り返って視線を向けたのをリチャードは横目に見ていた。

(やはり子供には母親という存在が必要なのだろうか)

そんなことを思ったリチャードの脳裏にある女性の姿がチラつく。

それは自分が今日まで惚《ほ》れ続けている女性の姿だ。

ある理由から意中のその女性からの好意に鈍感なフリをしてアプローチに気がついてないように装ってもいる。

(自分の都合で彼女を頼ることはできないな。それも子供をダシに使うなどもってのほかだ)

脳裏にチラつく想い人を振り払うようにリチャードは首を振った。

その後、二人は目的地に到着すると、扉を開いて冒険者ギルドへと足を踏み入れる。

冒険者ギルド。この国の大小問わず街には必ず一箇所は存在する様々な仕事を請負ういわばなんでも屋。

賑《にぎ》わうギルドにほぼ毎日来ていたリチャードにとっては引退したあと久々に訪れるギルドの賑わいは懐かしくすら感じられた。

しかし、その賑わいはリチャードを見た冒険者たちによりどよめきに変わる。

「おいあれ。リチャード・シュタイナーじゃないのか？」

「え？　引退したんじゃないのかあの育成上手」

「隣の子供は誰だ？　次のSランク候補か？」

そんな言葉をよそに、リチャードはシエラを連れてギルドの職員が常駐している受付カウンターへと向かった。

少し前まではクエストを受け、終わったクエストを報告するためだけに行き来していたカウンター。

職員との会話も最低限だったリチャード故に今日改めてカウンターの職員に私用で話しかけることが何故だろうかリチャードには気恥ずかしさを感じさせていた。

「やあ、久しいな。ギルドマスターに用があるんだが」

「リ、リチャードさん？　お久しぶりです！　えっとギルドマスターですね、少々お待ちください！」

カウンターに座って書類整理をしていた女性職員はリチャードの言葉に席を立つと、走ってギルドの二階へと向かっていった。

そしてしばらくも待たないうちに二階から耳が人間より長い明るめの金髪のロングヘアで濃い青色の瞳を持つ、身長にして百六十五センチ程のエルフの女性が姿を現し、早足でこちらに近寄ってきたかと思うとリチャードのシャツの首元を摑んだ。

「貴様、リチャード！　私になんの挨拶もなしに冒険者を辞めるとか抜かして出て行きおってからに！　どの面下げてギルドに顔を出した⁉」

「冒険者が冒険者を辞めるのは自由なはずだが？　間違ってるかね？」

「ああ、確かにギルドの規約にはそう書いてある。書いてあるが貴様の場合は別だ阿呆《あほう》め！　自分の価値を分かってない阿呆め！　貴様は昔からそうだ、いつもいつも自分は大したことないとか言って」

「親父を。親父を悪く言うな！」

リチャードに文句を言うギルドマスターのエルフの言葉を遮ったのはシエラだった。

ギルドマスターの女性エルフを押してリチャードから引き離そうとするが、シエラの力ではそれは叶《かな》わない。

しかし、涙目の子供にそんなことをされてはリチャードを離さないわけにもいかない。

周りの目もあってギルドマスターはリチャードを放して一歩離れ、深呼吸して憤りを抑え込んだ。

「はあ〜。なに？　この子、リチャードのなんなの？」

「娘だよ。娘のシエラだ。今日はこの子にこれを使っているところを見せたくてね。場所を借りに来たんだが」

「ふーん娘ねえ。いやいや、あんた独り身だったでしょう」

「そろそろ説明が煩《わずら》わしくなってきたな、この子は養子だ。血の繋がりはないよ」

言いながらシエラの頭にポンと手を置くリチャード。

手を置かれたシエラはというと、まだギルドマスターのエルフの女性を睨んでいる。行けと指示すればもしかしたら襲いかかるかもしれない気迫すらあった。

「魔導銃？　アンタその子を冒険者にするつもり？」

「いや、私にそんなつもりはない。まあ、シエラが冒険者になりたいというなら全力でサポートするつもりではいるがね」

「英雄5人を育てた育成上手が全力で。そう、分かったわ。場所を借りたいんだったわね。地下の鍛錬場でも裏の鍛錬場でも好きに使いなさい」

「ありがとう、助かるよ。そうだな、今回は裏の鍛錬場を使わせてもらうか。さあ、行こうシエラ。ほら、いつまでも睨んでないで」

「ん。分かった」

このギルドの裏手にある鍛錬場。

地下とは違い、ギルドの建物に囲まれているとはいえ、空が見えるこの場所の一角には試し斬り用の人形が置いてある。

普段あまり使用されないこの場所で、リチャードは試し斬り人形から離れて約二十年ぶりに魔導

銃を構えた。

普通の猟銃などであれば二十年も放置していたなら錆びついたり、劣化してまともに動作しないかも知れない。

しかし、魔導銃は形こそ猟銃やマスケット銃に近しいが、その本質は魔法使いの杖だ。

弾丸ではなく、魔力を固めた魔力弾や、そこに属性を付与した各種属性弾をライフリングの代わりに刻まれた螺旋状の魔法陣を介して高速で放つ為の、魔法使いの杖より更に攻撃に特化させたのが魔導銃という武器。

その銃身に引き金はなく、グリップ部に埋め込まれた魔石に魔力を送り込んで使用する。

「ふう、なんとか当たったか」

その魔導銃を用いて、リチャードは試し斬り人形に向かって無属性弾を放った。

二十年ぶりに使った魔導銃の弾丸は試し斬り人形を掠《かす》めて当たるが、直撃というにはほど遠い。

しかし、リチャードが銃を使うのを見ていたシエラの瞳は爛々《らんらん》と輝いていた。

「凄いね親父、どうやったの？」

「やってみるかい？　シエラにはまだ重いとは思うが」

「ん。やってみたい」

「うむ、まあ火薬を使ってるわけでなし。暴発したなんて話は聞いたことないから大丈夫だろう。よく狙う必要はない、師匠はそう言っていた。肝心なのは放たれた弾丸が的に当たるイメージだそうだ」

リチャードに手取り足取り補助されながら、シエラはリチャードに魔導銃を構えさせてもらう。

その様子を、ギルドマスターであるエルフの女性は二階の執務室の窓から眺めていた。

「教えるなら得意な剣でも教えれば良いものを。子供が魔導銃をまともに扱えるわけがないじゃない」

しかし、ギルドマスターのこの予想は大きく外れることになる。

「風呂や水道の魔石に魔力を注入する要領で魔石に魔力を送り込んでみなさい。イメージだ、銃口から魔力が放たれ、あの人形に当たるイメージを強く持つんだ」

「ん。やってみる」

リチャードに支えられながら、シエラは銃に魔力を送り込んでいく。

この時、風呂や水道と言われたからか、シエラは頭の片隅に水を思い浮かべていた。

するとどうだろうか。

魔導銃の銃口から魔力弾が放たれる直前、リチャードが銃を使用した際には現れなかった魔法陣が銃口の先に現れ、魔力弾ではない大砲の砲弾ほどもある水球が放たれた。

それが高速で試し斬り人形に向かい、胴体に直撃。

試し斬り人形を胴体から真っ二つに砕く。

「あれ？　親父のと違う。でも当たった。当たったよ親父」

「凄いじゃないかシエラ！　初めてで直撃だぞ！　しかも属性弾だ！」

柄にもなく大声を出して驚き、シエラを抱き上げるリチャード。

何故こうも褒められているのか分からなかったが、リチャードに褒めてもらえたのが嬉しくてシエラも笑顔を浮かべた。

「嘘。冗談でしょ？」

その様子を見ていたギルドマスターも、もちろん驚き目を丸くしていたのは言うまでもない。

「まさかシエラにこんな才能があるとはなあ。もう少し撃ってみるかい？」

「ん。もうちょっと、撃つ」

「よし、今度はもう少し威力を落としてみよう。水のイメージなしで魔力を送れるかい？」

「やってみる」

こうして、楽しくなってきた親子はしばらくの間、魔導銃の試射を楽しむことにした。

それこそ午前中の時間全てを費やす程に。


魔力を使いすぎ、体内から枯渇すると激しい倦怠感《けんたい》と疲労感に襲われる。それはこの世界における常識の一つだ。

魔導銃で試し斬り人形を撃ち抜くのが楽しくなってきたシエラの額に、汗が滲《にじ》んできているのを発見したリチャードは、シエラの構える魔導銃から手を離して射撃を止めるように促した。

「親父？」

「魔力を随分使ったみたいだ。お腹が空いてきてるんじゃないか？」

リチャードの言葉にシエラは銃を渡し、お腹を押さえる。

激しい運動をしたわけでもないのに、確かにシエラには空腹感があった。

「ん。おなか減ってる。ご飯食べたい」

「よし、なら中に戻ろう」

銃をシエラから受け取ったリチャードがシエラと手を繋ぎ、ギルドに戻るために振り返ると、そこには手にタオルを握ったギルドマスターがいつの間にやら立っており、二人にゆっくり近づいてきた。

「良いものを見せてもらったわ。流石に育成上手が選んだだけはある、ということかしら」

「アイリス、この子と出会ったのは偶然だ。私が選んだわけではないよ」

「そう。まあいいわ、これ使いなさい。汗をかいたままだと風邪ひくわよ？」

タオルを渡そうとエルフのギルドマスター、アイリスはリチャードに近づこうとした。

その瞬間、シエラが二人の間に割って入ってアイリスを睨む。

またリチャードに喰ってかかると思ったのだろう。

「ふう、嫌われちゃったかしらね。ごめんなさいね、貴女のお父さんを虐《いじ》めていたわけではないのよ？」

優しい笑顔だった。

アイリスはタオル片手にしゃがみ込むと、手を伸ばし、シエラの頬に伝う汗を拭う。

その行動にシエラは一瞬ビクッと体を震わせるも、害がないと判断したのか、それともこういう時どう対応したらいいのか分からないのか、シエラは硬直してアイリスにされるがまま、汗を拭いてもらっていた。

後ろに立つリチャードは大人しく汗を拭かせているシエラの頭にポンと手を置く。

リチャードに「それでいいんだよ」と言われた気がして、シエラの頬が緩んだ。

その様子を見ていたアイリスが「ねえリチャード」と呟き、屈んだままリチャードを見上げる。

「なんだ、どうかしたか？」

「この可愛らしいの私にくれない？」

「ぬかせ、シエラは私の娘だ。大層立派なギルドマスターだからといって引き渡すわけなかろう。なあシエラ、嫌だよな？」

「そんなことないわよ。ねえシエラちゃん？」

自信を持って言ったリチャードだったが、内心はややどぎまぎしていた。

シエラは女の子だ、もしかしたら男と、父親と暮らすより綺麗な母親と暮らしたいと思うかもしれない。

もしシエラに「俺、アイリスの子供になる」なんて言われたら、立つ瀬がないな。

と、そんなことを考えていると。

「俺は親父の子供がいい、他の誰かの子供なんて、絶対やだ」

と、シエラはリチャードの後ろに回り込んでリチャードのズボンの裾を摑んで言った。

まさに杞憂《きゆう》であったのだ。

「フラれちゃった。残念。まあ冗談だったんだけどね。ねえ、二人ともお昼食べに行くんでしょ？　シエラちゃんにはなんだか悪いことしちゃったし。嫌われたくないから奢《おご》るわ」

「おや、それは気前が良いな。ほらシエラ、このおばあ、おっと失礼。お姉さんがご馳走してくれるそうだ、お言葉に甘えようじゃないか」

「アンタ今お婆さんって言おうとした？　見た目まだ人間の二十歳くらいに見えるこの私に？」

「実年齢は二百を超えてると聞いたが？」

「ま～だ～超～え～て～ま～せ～ん！　今年で百九十九歳ですう」

シエラと再び手を繋ぎ、屋内へと向かうリチャードに続いてアイリスも歩き出す。

その日の昼食は、ギルド内の食事処の食事をアイリスの奢りで頂くことになり、シエラはデザートで頼んだ初めて食べる冷たいパフェに目を輝かせた。

「冷たくて、甘くて美味しい」

「そうだろう、そうだろう。ギルドの食事は街のレストランにも負けないクオリティだからな。無理せず、お腹いっぱいになったら言うんだぞシエラ。私が食べてあげるからな」

「ん。大丈夫。食べれる」

「そうか、なら私も食べたいからもう一つ頼もう」

「アンタ、ほんとに甘党よねえ」

奢ると言った手前、リチャードとシエラの座るテーブルに同席したアイリスは、リチャードが給仕に特製パフェを頼むのを見ながら呟き、ため息を吐きながら、それでも微笑ましい親子の様子にテーブルに頬杖をついて微笑んでいた。

リチャードがアイリスと出会ったのはリチャードが十四歳の頃。

冒険者になってからまだ日も浅く未熟な時だった。

その時すでにギルドマスターだった彼女に度々クエストに同行してもらったり、リチャードが二十歳を過ぎた辺りで勃発した隣国との戦争に共に従軍したりと今ではもう二十年来の腐れ縁。

そんな彼女が、不意に口を開いた。

「ねえ、リチャード。久々に顔を出したんだし、体を動かしていかない？」

リチャードとシエラの2人がデザートのパフェを食べ終わり「チョコが美味しかった」「アイスが濃厚でうまかった」と感想を言い合っていた時だった。

その様子を眺めていたギルドマスター、アイリス・エル・シーリンはリチャードのほうを見て言った。

「模擬戦でもお望みかな？　私は引退した身なんだがね」

「冒険者を引退して運動してないでしょ？　アンタ甘党なんだから将来太って病気になるわよ？」

「君は家事を甘く見ていないか？　炊事、掃除、洗濯、買い物。これらはそこそこの運動になるのだぞ？」

「分からない訳ないでしょ。何年生きてると思ってるのよ。だからって家事が魔物と戦ったり、馬車の警護の為に数日歩き続けるより重労働だとでも言うつもり？　ねえシエラちゃん。お父さんがオークみたいになったらどう思う」

アイリスの言葉に、シエラは家に置いてあったリチャード自作の魔物の研究資料に描いてあったオークと呼ばれる豚の頭を持った人型の魔物の絵を思い出し、リチャードと重ねてしばらく答えに困り眉をしかめて考えた。

「親父がオークみたいに。嫌いにはならないけど。う〜ん。ちょっと、ヤダ」

「貴様。娘をダシに使うのは卑怯《ひきょう》だと思わんのか？」

「私は心配して言っているのよ。ねえシエラちゃん」

「ん。親父には、いつまでも元気でいてほしい」

俯《うつむ》き、願うシエラに、リチャードは苦虫を噛んだように顔をしかめてアイリスを睨んだ。

一方で睨まれたアイリスはそんなリチャードを煽《あお》るように頬杖をついてニヤニヤ笑っている。

「はあ全く。分かった、分かったよ。とはいえ食事直後だ。少し腹休めしてからだぞ？」

「ええもちろん。いやぁ有り難いなあ、私も最近運動不足でねえ。あなたの後輩たちや他のSランクパーティはクエストに出ちゃって居ないし。かといってそれより下のランクの冒険者だと、ねえ？」

「ねえ？　って貴様。まだ才能を発揮できていない冒険者を見つけて育成、サポートするのもギルドの仕事だろうが。養成所もある、相手には事欠かんだろう？」

「やってるわよ、仕事はちゃんとね。でもほら、たまにはね？　強い奴と戦いたいじゃないの」

「この戦闘狂め、サブマスターはさぞ苦労しているんだろうな」

やれやれと首を振って大きなため息を吐くリチャード。

そんなリチャードを尻目にアイリスは席を立つ。

「じゃあ私は着替えてくるから、あとで地下に来てね」

と、シエラの頭を撫でながら言って、アイリスはその場を立ち去った。

残されたリチャードとシエラの親子二人は同時にテーブルの上に置いていた水の入ったコップを手に取り、それを口に運ぶ。

「親父、あの女の人と喧嘩《けんか》するのか？」

「喧嘩とは違うよ、なんと言えばいいか。そうだな、練習、かな？　怪我はまあするかもしれないが、今から私達がやるのは喧嘩ではなく練習だ。これまで培った技を見てもらい、相手には技を見せてもらうんだ。だからまあ、安心して見ていなさい」

「ん。見てる」

この一連の会話を、近くに座って食事をしていた冒険者たちはしっかり聞いていた。

元Sランク冒険者リチャードとギルドマスターの模擬戦。

普段クエストに行っては帰るだけの冒険者たちにとってはちょっとしたイベントみたいなものだ。

この模擬戦の情報は水に発生した波紋のように拡がり、ギルド内の冒険者たちに伝わっていった。

「おい聞いたか、ギルドマスターが模擬戦やるってよ！」

「お、久々に剣聖姫《けんせいき》が暴れるのか。　相手は誰だよ、Sランクたちは出払ってるだろ？」

「リチャードだよリチャード。この間引退したあの育成上手」

「え！　シュタイナーさんが相手なのか⁉　あ〜、可哀想になあ。引退したのに引っ張り出されたのか」

冒険者ギルドのギルドマスターに実力者が多く就任しているのは何故か。

諸説あるが、それはもちろんギルド内で何か問題があったとき、例えば実力者同士の衝突、喧嘩などが起こった際に制圧する力が必要になるからだ。

もちろん業務能力は必須だが、その辺り含めて実力者というのは人脈、コネクションも豊富だったりするので、この世界の冒険者ギルドのマスターは現役冒険者の高ランクが兼業したり、引退した高ランク冒険者が務めることが多い。

それで言えばリチャードが住む街の冒険者ギルドのギルドマスター、アイリスは十分な実力者だった。

現在はギルドマスターの業務を優先しているが、いまだ現役で、ともすれば高ランククエストにも同行することがある。

時には勝手に書類を通して強力な魔物を一人で狩りに行ってはサブマスターに怒られたりもしていた。

容姿端麗《たんれい》、金髪碧眼《へきがん》でエルフらしいスラッとした細身の女性でありながら、この国の王家やアイリスを知る人物からは英俊豪傑《えいしゅんごうけつ》と称えられるほどだ。

そんなアイリスがギルドの制服からクエストに行く際の装備に着替え、地下の鍛練場に姿を現した。

訓練用に刃引きした二本のショートソードを壁際に置いている武器棚から選んで取り、何もない土で固められた地面の真ん中で踊るように振る。

しばらく準備運動をして、体の調子を整えていると、そこにシエラを連れたリチャードも姿を現すが、その後ろにゾロゾロと、野次馬の冒険者たちもついて来ているのが見えた。

されどアイリスはお構いなし、ギルドの長だ、こうなることは想定していたのだろう。

「あんたたち！　飲料と軽食の持ち込みは結構だが片付けを忘れるなよ？　終わったあと散らかっていたらここにいる全員後でボコボコにするからね？」

「了解です！」

「大丈夫っすよー。ちゃんと片しますから〜」

アイリスの言葉に観戦目的でやってきた冒険者たちが応えた。

その傍らでリチャードが武器棚からアイリスと同じショートソードを一本取りだして腰に携える。

そして、後ろで待つシエラに振り返ると手を膝につき目線をシエラに合わせた。

「シエラ、もし怖いと感じたら皆の後ろに行くんだ、いいな？」

「ん。分かった」

魔導銃を抱えるシエラを撫で、リチャードは自分を待つアイリスの前へと向かうと、しばらく振っていなかった剣の感覚を取り戻すため時間を貰い、リチャードも剣の素振りをする。

その様子を見ていたシエラは瞳を輝かせていた、何かきれいな宝石や景色なんかを見たようなその表情。

どこかで見たことがあるシエラのその顔にリチャードは疑問を浮かべるが、その思考は「よし、そろそろやろうか」と言ったアイリスの言葉に遮られた。

「すまない、待たせた。では」

「うむ、いざ尋常に、という奴ね」

「「行くぞ」」

呟くように言った二人が剣を構えて加速した。

両者同時に斬りかかるが、アイリスは二刀流。

鍔迫《つばぜ》り合《あ》いになれば片手の剣に斬られる、ならばリチャードはどうするか。

鍔迫り合いにならないように力で押し切るか、止まることなく連撃を繰り返すしかない。

繰り返される剣戟《けんげき》の音は音楽のように、入れ替わり立ち替わりで体勢を有利に整えようとする様は舞踏のようにすら見える。

次第に二人の速度が上がっていった。そんな二人を見ていた冒険者たちから歓声が上がる。

立ち位置を入れ替え、剣戟を繰り返す二人は楽しそうに、そして懐かしむように踊っているように見えた。

アイリスの剣撃後に受けた後ろ回し蹴りから、リチャードが体勢を立て直すために後に跳んで距離を離した時のこと。

視界の端、アイリスの後ろにシエラの姿を見て、リチャードは先ほどの疑問に答えを見つけることになる。

「ああ、もしかしたらシエラも」

同じだった。

シエラのこちらを見る、見惚れるような、楽しそうな笑顔。

同じなのだ。

今、目の前で猛烈な速度で二本のショートソードを構えて迫るアイリスの笑顔と。

「戦いに楽しさを見出すクチなのかもしれんな」

言いながら、リチャードの顔にも笑みが浮かぶ。

類は友を呼ぶという奴だ、リチャードとて戦闘は嫌いではなかったというわけだ。


模擬戦は、最終的に何度目かの鍔迫り合いの際にリチャードとアイリス双方の剣が折れたことで終了の運びとなった。

剣を失ったリチャード、一方でアイリスはまだもう一本、剣を片手に残している。

勝敗をつけるならリチャードの負けで終わった形だ。

「私の勝ちねリック」

「ああ、私の負けだな。流石だよ、アイリス」

汗をにじませたアイリスが、汗だくでゼェゼェと息をするリチャードに握手を求めて手を伸ばした。

刀身の半分ほどから折れた剣を鞘《さや》にしまったリチャードが深呼吸して息を整え、その手に応えるように手汗をズボンで拭ってからアイリスの手を握る。

すると、観戦していた冒険者たちから拍手と歓声が響いた。

「やはりもったいないわリック、その腕で引退は」

「そう言ってくれるのは素直に嬉しいよ」

「なら戻ってきてリチャード、あなたまだ十分冒険者としてやっていけるでしょ？」

「悪いがそれはできない、今の私には成長を見届けたい、我が子ができたんでね」

手を離し、アイリスに背を向けて歩くリチャードはシエラを見て言った。

その後をアイリスが追いかけ、隣に並ぶ。

「ならあなたのその育成力、別の場所で生かしてもらえないかしら。リチャードの育成力、教育力は貴重だ。腐らせるには勿体《もったい》ない」

「別の場所、というと養成所かね？」

「そうね、あなたが教官を務めてくれるなら若い冒険者の死亡率は大幅に下がるはず。考えてくれないかしら」

シエラの前まで来たリチャードが足を止めた。

確かに若い冒険者の死亡率は決して低くない。

それは若いが故に無謀な挑戦をするからという理由が多い。もちろん事故や、魔物や野盗の類と不意遭遇戦《ふいそうぐうせん》に陥って帰らぬ人となることもある。

しかしそれは正しい知識があれば回避できるはずだ。

今でも教育は行われているが若い冒険者の死亡率が下がらないのは、現場のノウハウが足りていないからだとアイリスは言う。

それもそうかもしれない。

なぜなら冒険者が養成所の教官として職に就く者が少ないからだ。生涯現役、そう考えるものが大半で、実際のところ引退後は隠居するものがほとんどである。

一人教官が増えたところで現状は変わらない、そんなことはアイリスも分かってはいる。

だが、長期的に見て、既に何人ものSランク冒険者を育てたリチャードが育てた若い冒険者が大成し、順当に後継者を育てることになってくれれば今すぐには無理でも徐々に若い冒険者の死亡率は下がっていくはずだ。

気の長い話だが冒険者は冒険者にしか育てることはできない。

それはリチャードも重々承知していた、しかし。

「すまない。直ぐに返事はできない。ゆっくり考えさせてくれ」

「できればいい返事を待っているわ、リチャード・シュタイナー」

折れた剣が入った鞘をアイリスに渡しながら言ったリチャード。

そのリチャードの折れた剣を、縋《すが》るような、どこか悲しげな表情を浮かべながらアイリスは受け取り、抱える。

引退直後にこの話を聞いていたなら二つ返事で了承していただろうな、とリチャードは思いながら汗だくの自分を心配そうに見上げるシエラに手を伸ばして頭を撫でた。

何故撫でられたのか分からないが、子供というのはそれでも撫でられると嬉しくなるものだ。

シエラも例外ではなかった。

恥ずかしそうに顔を伏せるが、口元には笑みが浮かんでいる。

「さあ、帰ろうシエラ」

「ん。帰る」

「じゃあ、シエラ、アイリスに挨拶を」

「ん。今日はありがとう、アイリスおば。お姉ちゃん。ご飯とパフェ美味しかったです」

ぺこりと頭を下げるシエラの姿に可愛いと感じるが、アイリスの心中は穏やかではなかった。

それは無論シエラが自分をお婆ちゃんと言いかけたからにほかならないが、リチャードに言ったように強く言えるはずもなく。

「またねシエラちゃん、また会えるといいわね」

と、アイリスは複雑な気持ちで二人を見送ることになったのだった。


一夜明け。リチャードとシエラが冒険者ギルドを訪れた翌日のことだった。

朝。いつもどおり起きたリチャードだったが、体に激しい倦怠感と疲労感で二度寝することにした。

どれくらい眠ったのか「リチャード?」というシエラの声で再びリチャードは目を覚ますが、やはり倦怠感は消えていないようで、体を動かすのも辛そうだ。

「やはり、歳なのだろうか。模擬戦一回でこの様とは」

「リチャード顔色が悪い」

「よく眠ったはずなんだがね。疲れているのかもしれない。とりあえず食事にしよう。お腹減っただろう？」

そう言ってリチャードがベッドから下りて寝室の出入り口に向かおうとしたその時だった。

リチャードは平衡感覚を失って膝から崩れ落ちてしまった。

突然のことに驚いて、シエラが「リチャード!?」と声をあげてベッドから下りて駆け寄ってくる。

「リチャード、どうしたの？　躓《つまず》いたのか？」

「う、すまない。風邪かもしれない。シエラ、保冷室の中に夕食の残りがある、私はちょっと動けそうにない。お腹が減ったらそれをしばらく置いて食べてくれ」

「そんなのいいよリチャード。早くベッドに戻って」

「ああ、そうだな」

手を貸したくて手を伸ばすシエラだが、大人の体重を十歳の子供が支えられるわけもない。

しかし、リチャードはそんなシエラの気遣いがうれしくて手を取って、できるだけシエラに預けた手に体重をかけないように立ち上がると、そのままベッドに戻った。

ずいぶん長い間、病にかかっていなかったが故に倦怠感が激しく感じられる。まるで全身で重い泥でも抱えているようだ。

吐き気はないが寒気も相当なようで、リチャードの体は震えていた。

「大丈夫？」

「ああ、大丈夫だ。大丈夫だよシエラ」

とは言うが、あまりの倦怠感と疲労感からリチャードに抗いようのない睡魔が襲ってくる。

シエラに医者を呼んでくるように頼むべきか？　ただの風邪と断じて症状がマシになるまで眠るか？

などと考えている内にリチャードは睡魔に抗えなくなり意識を失うように目を閉じた。

「リチャード？」

眠っただけに見えるが、発汗の激しさや呼吸の粗さからただごとではないというのは子供ながらに感じたようで、シエラは先ほどそうしたようにリチャードの体を揺する。

しかし、深く眠っているのだろう。リチャードからの反応はなかった。

「リチャード大丈夫？　リチャード。親父？　ねえ。パパ？」

呼んでも起きない。

その事実、現実がシエラを焦らせた。

どうすればいいか分からず混乱するシエラは昨日帰って来た時にリチャードが言っていた言葉を思い出す。

「何か困ったことがあればアイリスは頼れる。私に相談しづらいことがあれば彼女を頼るといい」

と、リチャードにしてみれば女性の悩みは女性にというニュアンスの言葉だったが、シエラにしてみればリチャード以外で喋《しゃべ》った大人の中で一番最初に思い出したのが彼女だったというのもあって、シエラは着替えもせずに寝間着のワンピースままベッドの側の靴を履いて、冒険者ギルドまでの道を駆けることを選んだ。

ギルドまでの道は距離はあるがそう難しくはない。

シエラは賢い子だ。

曲がりくねった複雑な道を行くならまだしも、区画整理された街を記憶を頼りに走るのは十歳の子供でも十分可能だ。

息を切らせ、シエラはギルドにたどり着くと扉を開き、辺りを見渡すが、この時間、ギルドマスターのアイリスは自室で仕事中なので一階にはいない。

しかし、慌てている様子のシエラを通りがかった冒険者の男性が「どうしたんだいお嬢ちゃん」と気遣ってくれた。

その冒険者の男性に父であるリチャードが倒れたことを伝えようとするが、ここまで走ってきた疲労とリチャードが死んでしまうかもしれないという悲しさで泣きだしてしまう。

嗚咽《おえつ》のせいでシエラはうまく言葉を伝えられなかった。

辛うじて言えたのが「アイリス、助けて」の二言だった。

困り果てた男性冒険者だったがその言葉を聞いてギルドマスターを呼びに行ってくれた。

男性冒険者から事情を聴いて、二階から下りてきたアイリスはシエラが泣いているのを見て駆け寄る。

「シエラちゃん？　どうしたの⁉」

「親父が、パパが」

「リチャード？　彼に何かあったの？」

「倒れて、苦しそうで、助けて」

「分かったわ。行きましょう」


どれくらい眠ったのだろうか。リチャードは額に冷たさを感じ目を覚ますと、手に何やら圧迫感を覚えた。


首だけ持ち上げ視線を圧迫感のある手のほうに向けると、自分の腕を枕代わりに眠るシエラの姿をリチャードは見ることになった。

「冒険者を引退して気が緩んだんじゃないの？」

「アイリス？　何故君がここに」

「シエラちゃんに感謝しなさいよ？　一人でギルドまで来たんだから」

「シエラが？　そうか、心配をかけたみたいだ」

リチャードがシエラの顔を改めて見ると、目に涙の跡が見えた。

それだけで自分がいかにシエラに心配をかけたかを理解し、リチャードは困ったように苦笑すると体を横に向け、空いている手で眠るシエラの頭を撫でた。

「鑑定医の鑑定では熱風邪と出たから薬だけ貰ったわ。食後にちゃんと飲んでね」

「すまない、医者まで呼んでくれたのか。金を」

「いいわよそんなの。体が鈍《なま》ってる貴方を無理矢理誘った私にも非はあるのだしね」

「すまない。いや、ありがとうアイリス」

「いいから、もうしばらく寝てなさい。ちょっとマシになったら、ちゃんと薬飲んで元気になって、シエラちゃんを喜ばせてあげるのよ？」

「ああ、そうするよ」

「じゃあおやすみなさい、リック。仕事終わりにご飯でも作りに来るわ」

「すまない。手間をかける。助かるよ」

その言葉を最後に再びリチャードは目を瞑《つむ》り、意識を手放した。

眠りに落ちる瞬間、シエラが「パパ」と呟いた気がしたが、リチャードにはその声の真偽を確認することはできなかった。

それからしばらくリチャードは眠り、再び目を覚ました時にはアイリスの姿は何処にもなかった。

代わりに、先に目覚めたシエラが、ベッドの隣に持ってきた椅子の上に置いた水の入った風呂桶で手ぬぐいを濡《ぬ》らして、それを絞っている姿をリチャードは視界に捉える。

「シエラ、すまない。心配かけたな」

「リチャード、起きて大丈夫か？」

「ああ、随分楽になったよ。シエラがアイリスを呼んできてくれたおかげでね」

「会ったの？」

「ああ、シエラが寝てる間にね。ありがとう。私の為にわざわざギルドまで行ってくれたんだな」

「どうすればいいか分からなくて、俺じゃ何もできないから」

「いや、最善手だよ。助かった。風邪も悪化すれば最悪死ぬ可能性も出てくる。シエラは私の命の恩人だな」

体を起こし、シエラを抱き寄せ頭を撫でる。

そんなリチャードをシエラも抱きしめた。

出会ってまだ短い期間しか二人は共に暮らしていないが、二人の間には確かに親子の絆《きずな》が芽生えていたのだ。

窓の外を見てみればとうに日は沈み、夜の帳が降りている。

空腹感から「夕食にしようか」とリチャードが言った矢先、自宅の玄関のドアノッカーが叩かれ、間髪入れずに玄関のドアが開かれる音が聞こえたかと思うと「お邪魔するわよ」とアイリスの声が聞こえてきた。

「アイリスが来たようだ。シエラ、出迎えてやってくれ」

「ん。行ってくる」

シエラがアイリスを迎えてくれている間にリチャードはキッチンへと向かい、夕食の準備をしようと保冷庫を開けるために扉の取っ手に手を伸ばそうとしたところ、肩をアイリスに摑まれることになった。

「アンタは何やってんのかしらあ?」

「やあアイリス。何って夕食の準備をしようかと思ったのだが」

「やあアイリス。じゃあないわよ全く。顔色は良くなったみたいだけどアンタは病人なんだから、大人しく座って待ってなさい」

振り返ってみれば片手に食材の入っている袋をアイリスは持っていた。どうやら予告どおり夕食を作りに来てくれたらしい。

アイリスの後ろ、キッチンの出入口ではシエラが椅子を用意して待っていた。座れ、と言うことだろう。

体調は確かに良くなったが、シエラやアイリスの気遣い、心遣いを無下《むげ》にするわけにもいかない。そう思ったリチャードは二人の好意に甘えてキッチンの出入り口に向かい、シエラの頭を撫でると椅子に腰を下ろした。

「消化にいい料理を作るわ。調理器具の場所だけ聞くから教えてくれるかしら？」

「ああ、分かった」

「シエラちゃん。寝室から薬取ってきてくれる？　忘れないようにダイニングに置いておいて」

「ん。分かった」

リチャードの後ろにいたシエラがアイリスの言葉に従い寝室へと向かっていく。

それを見て、アイリスは微笑むと、買ってきた食材を調理台の上に並べて夕食の準備を始めた。

時折「秤《はかり》は？」「包丁は？」と聞きながら夕食を作っていくアイリスの後ろ姿を見て、リチャードは自分の家の台所にアイリスが立っていることに奇妙な違和感を覚える。

「ふむ、たまにはこういうのもいいものだな」

「何？　何か言った？」

「いや、なんでもないよ。独り言だ」

「あらそう？　もう少しでできるから。先にダイニングに行っててもいいわよ？」

「そうだな。そうさせてもらうよ」

アイリスに夕食作りを任せ、リチャードはダイニングへ。

隣のダイニングの扉を開けるとと、シエラが椅子に座って何やら本を読んでいるのがリチャードの目に入った。

リビングに置いてあるリチャードの趣味の小説ではない。

その本はリチャードが研究し、戦ってきた魔物の生態を書き記した資料だった。

「シエラ、それは面白いものじゃないぞ？　読むならリビングに置いてある小説か絵本のほうが良くないかい？」

「リビングの小説も絵本も面白いけど、これも面白いよ？　誰が書いたの？」

「それは私が書いた物だよ。今までのクエストで遭遇した魔物の特徴や弱点、生態なんかを記録した物なんだ」

「絵もリチャードが描いたの？」

「ああそうだよ。まあ本職の画家さんには及ばんがね」

「そんなことない、上手だと思う」

「それは嬉しいね。ほら、そろそろアイリスが夕食を持ってきてくれるから、その資料は置いてきなさい。気に入ったなら後でいくらでも読んで構わないから」

「分かった。置いてくる」

リチャード自作の研究資料を小脇に抱え、シエラがダイニングから出ていった直後、廊下を歩くシエラの後ろ姿に「シエラちゃん？　夕食できたわよ？」と言ったアイリスが鍋を持ってダイニングに姿を現した。

「シエラちゃん、どうしたの？」

「私の研究資料を読んでいたみたいでね。夕食だから片づけるように言っただけだよ」

「リチャードの研究資料って魔物図鑑みたいなアレでしょ？　シエラちゃんに分かるの？」

「まさか。字は読めるがアレの内容までは理解してはいないだろう。まあ賢い子だからな、理解はしていなくても内容を覚えている可能性はあるがね」

「ねえ。リチャードはシエラちゃんの将来をどう考えているの？」

「昨日も言ったが、それはあの子が決めることだ。私が願うのはあの子の健やかな成長だけ。私はあの子の将来にできるだけ口は出さないつもりだ。シエラの未来はシエラのものだからね」

「もし、あの子が冒険者になるって言っても？」

「止めはしないよ。それがシエラの選んだことならね」

夕食のスープが入った鍋を置き、皿を並べながら二人は話す。

そしてシエラが戻って来るのを待って、三人は食卓を囲んで夕食を食べ始めた。

四角いテーブルを三人で囲み夕食を楽しむ。

初めて食べるリチャード以外の大人の手料理をシエラは美味しそうに食べていた。

その様子を見てリチャードとアイリスは微笑み、子供の笑顔を眺めながら自分たちも食事を口に運んだ。

「良かった、お口には合ったみたいね。ねえシエラちゃん。パパのご飯と私のご飯、どっちがおいしい？」

「おい貴様。そういう子供が困るような質問を」

「親父のご飯のほうが美味しい」

リチャードの言葉に被せるようにシエラが夕飯を咀嚼しながらハッキリと言った。

その言葉にアイリスは「なん、ですって」と、目を見開いて驚愕の表情を浮かべる。

冒険者ギルドのギルドマスター、アイリス・エル・シーリン、今年で百九十九歳のエルフは三十四歳の人間の男に料理の腕で負けたのである。

「ば、馬鹿な。人族の料理には自信があったのに」

「ふふん、さすが我が娘。ちゃんと味も分かるようだぞ？」

「調子に乗らないでよリチャード。毎日貴方の料理を食べているから味に慣れているだけよ！」

リチャードに言われ、アイリスが喰ってかかる。

よほど悔しかったのか、顔真っ赤である。

「二人とも行儀悪い」

「「ぐぬ」」

年端もゆかぬ娘に言われ、大人しく夕食を再開する二人。

だが、言うだけあるな、と実際のところアイリスの食事をリチャードは美味に感じていた。

他人が自分の為に作ってくれたから、という精神的なものではなく、素材の味と組み合わせ、調味料の分量、火の通り加減、それら全てが完璧だと食べるだけでわかるのだ。

「あら？　シエラちゃん。ほっぺにパンくずついてるわよ？　ちょっと待って、取ってあげるわ」

「あ、ありがと」

自分の口より大きなパンをかじっていたシエラの頬についたパンくずに手を伸ばすアイリスと、それに対して恥ずかしそうに顔を赤くするシエラの姿を見て、スープを食べ終わり、スプーンを置いたリチャードは微笑んだ。

「旨かったよアイリス。世辞抜きでね。思えば初めてだな、君の料理を食べたのは」

「それはどうも。伊達《だて》に長生きしてないからね。まあ、食べてくれる相手なんていなかったけど」

「ふむ、君の見目麗しさなら縁談なんかには困らなそうだが」

「実際そういう話は多いんだけどねえ。人族の貴族から縁談の申し出があったり、エルフの氏族長から声がかかったりね」

「その割には、一人身なんだな」

「そ、それは！　まああれよ、どいつもこいつも趣味じゃないっていうかなんていうか」

リチャードの言葉にアイリスは顔を赤くしながら反論した。

その様子を黙って見ていたシエラは、もしかしてと、浮かんだ疑問を口にする。

「アイリスって、親父のこと好きなの？」

アイリスが食後のコーヒーを口に含んだ瞬間だった。

シエラのその言葉に不意を突かれたアイリスは口に含んでいたコーヒーを吹き出しそうになるが、何とか堪えてそれを飲み込む。

「ち、違うわよ！　違うからねシエラちゃん！　誰がこんな奴のこと好きなもんですか！　じゃ、じゃあ私そろそろ帰るから！　お大事にねリック！」

コーヒーをグイッと飲み干し自分の分の食器をキッチンに運ぶと、バタバタと慌てた様子でアイリスはリチャード宅を「じゃあね！」と言って出て行ってしまった。

その様子を見ていた親子二人は「急に慌ててどうしたんだろうか？」と言いたげに二人で見合っ

て同じように首をかしげる。

「忙しいのにわざわざ見舞いに来てくれたのだろう。すまないことをしたなあ」

「アイリス。優しいから好き」

「おおそうか、でもそれは本人に言ってあげなさい。きっと喜ぶ」

「ん。そうする」

処方してもらった薬を飲み、食器を片づけている最中に親子二人はそんな会話をしていた。

すっかり症状は良くなったようにリチャードは感じていたが、この日は大事をとって早々に眠ることに。

しかし、昼寝をしていたシエラは目が冴《さ》えてしまっていたのでリビングで読書をすることを選んだ。

ただ、やはり小説や絵本よりはリチャードの研究資料が読みたいらしい。

魔物の絵とはいえ小説よりも絵が多いのが良いのだろうか。そんなことを考えながらリチャードはこの街の周辺に存在する魔物の研究資料などをシエラに渡した。

「では、私は先に休ませてもらうよ。眠たくなったら資料はテーブルに置いたままにしていいから、寝室に来るんだよ？」

「ん。分かった。お休みリチャード」

「ああ、お休みシエラ」

翌朝、風邪の症状もすっかり良くなったか、リチャードの目覚めはいつになく清々しいものになった。

隣では何時ものようにシエラも眠っている。

安らかな寝顔で眠るシエラを起こさないようにリチャードはベッドから下りると、薬を飲む水を入れるためにキッチンへと向かう。

その途中、昨晩遅くまで起きていたであろうシエラが読んでいた自作の研究資料とクエストの攻略記録がリビングのローテーブルの上に積まれているのが開いていた扉の隙間から見えた。

「シエラが冒険者に、か」

足を止め、昨夜のアイリスの言葉を思い出して呟くリチャード。

そんな時、リチャードの腰辺りに何かが当たった。

振り返って見てみれば、恐らく起きたリチャードを追いかけてきたのであろう、半分寝ているのではないかと思えるような程に寝ぼけたシエラがリチャードの服の裾を摑んで抱きついていた。

「おはようシエラ。まだ眠いんだろ？　急ぎの用があるわけでなし、ゆっくり眠っていてもいいいんだぞ？」

「やだ、リチャードといる」

「そうか、ならおいで。洗面所で顔を洗おう」

リチャードはシエラを抱き上げて洗面所へと向かう。

そして顔を洗ったあとリチャードは薬を飲み、その間に今度はシエラが顔を洗うが、やはりまだ眠そうだ。

シエラの足はフラついている。

風邪が感染ったか？　と心配して、リチャードはシエラの額に手を当てるが熱はない。

単純に寝惚《ねぼ》けているだけのようだ。

一人で寝るのが嫌なら私が傍にいれば眠るかな？

そう考えたリチャードはリビングに向かうと、小説を手に取りシエラを寝かせるために再び寝室へと向かった。

「さあシエラ、私はここにいるから今は眠りなさい」

「ん。おやすみ」

ベッドに入り、座って小説を開くリチャードの横で、幸せそうな笑顔を浮かべ、リチャードのシャツを摑んでシエラは再び眠りにつく。

そんなシエラにリチャードは、布団は暑いと思ったか、毛布だけをかけて、自分は小説を読み始めた。

しばらく小説を読み進めていると、不意に目覚めたシエラが「トイレ」と言い、目を擦りながら寝室を出ていったので、この隙にとリチャードは寝間着のシャツからいつもの黒いシャツに着替えて再びリビングへと向かう。

そして昨夜シエラが読んでいた研究資料をまとめると、保管場所である書斎ではなくリビングの空いている本棚へと資料を片づけていくが。

「リチャード。それまだ読んでないから出してて」

と、トイレからリビングにやって来たシエラに今まさに本棚に入れようとした資料を指差して言われたので「分かった、置いておくよ」と、ローテーブルにその一冊を置いた。

「朝食はどうする？　食べるだろう？」

「食べる。あの甘いパン食べたい」

「フニャフニャのフレンチトーストかい？　それともカリカリのシュガートーストかな？」

「カリカリのほうがいい」

「了解だ。直ぐに用意するとしよう」

シエラの要望どおりシュガートーストを用意するリチャード。

いつもなら食事はダイニングで食べるが、リビングでシエラが資料を読んでいることもあって今日は二人共リビングで朝食を済ませることとした。

そして朝食を食べ終えた後。

食器を片づけようとリチャードが立ち上がると「俺も手伝う」と、ソファから立ち上がったシエラが皿を重ねてキッチンへと運んでいく。

先程までの寝惚けていた姿が嘘のようにキビキビ歩くシエラの姿を見て、リチャードの杞憂は解消されたのだった。

第二章

リチャードが風邪から快復してからというもの、リチャードはシエラの将来を出会った頃より考えるようになった。

のんびり暮らしていければそれでいい、そう考えていたリチャードだったが今回風邪で倒れたことで自分がいなくなった後のシエラのことを考えはじめたのだ。

今回は風邪だったが、もし流行り病や事故などで自分が先に死んでしまったら？　いや、それ以前に寿命の差で自分は確実にシエラより先に死ぬ。

来るべきその時までにシエラが自立できるようにしなければ、遅かれ早かれシエラは路頭に迷うことになる。

リチャードはそんなことを考えた、考えるようになった。

そんなある日のこと、リチャードの研究資料を読み漁り、リチャードの冒険者時代の話を目を輝かせながら聞いていたシエラが言った「俺も冒険者になれる？」と。

「冒険者になりたいのかい？」

「だって俺はリチャードの子供だし。子供は親の仕事を継ぐものなんじゃないのか？」

誰から聞いた情報なのか。いやそういえばと、リチャードはシエラを連れて買い物に出た日の事を思い出していた。

二日ほど前だったか、いつも食材を買っている野菜屋の屋台に寄った時のこと。

そこで買い物をしていた奥様方が話をしていた「うちの子が家業を継ぐんだって張り切っている」「それは喜ばしい」要約するとそんな話だった。

親の仕事を子供が継げば親は喜ぶ。

シエラにとってリチャードに喜んでもらうことは命の恩人への恩返しだと、いや、そんな複雑な考えではないのかもしれない。

たんにリチャードに喜んでもらいたい、その一心から出た言葉だった。

「シエラ、別に私が冒険者だったからといって君が冒険者になる必要はないんだよ？　シエラの未来は無限とは言えないが、近しいくらいには枝分かれしている。洋服屋さんになったり料理人になったり、勉強して先生にだってなれる。家事、炊事、これができれば好きになった人のお嫁さんになることだってできるんだぞ？」

「まあ確かに俺は将来リチャードのお嫁さんになるけど。リチャードの見てきた光景を、俺も見てみたいなって思ったんだ。リチャードとアイリスが剣で戦ってるのを見て、楽しそうだとも思った。二人みたいになりたいって、そう思って」

「最初の発言が気になるが。まあ今はいいか。シエラ、冒険者という仕事は楽しいことばかりじゃないんだぞ？　もちろん冒険者に限ったことじゃないが」

ここまで言ったリチャードがハッとして口を閉じた。

楽しいことばかりじゃない、そんなことはこの子が一番わかっているではないかと思ったのだ。

平凡な家庭に生まれ冒険者になるまでは両親が健在だった自分と、生まれて数年で捨てられた目の前の少女。

どちらのほうが恵まれていたかなど言うまでもない。

リビングのソファの上。隣に座るシエラの肩を抱き寄せリチャードは言う。「痛いこと、悲しいこともあるんだぞ」と。

「大丈夫。慣れっこだよ」

シエラの言葉はリチャードの心を抉《えぐ》った。

十歳の子供が痛いこと、悲しいことに慣れているなどあってはならない、あっていいはずがない。

リチャードは抱き寄せたシエラの肩に力を込める。

しかし、シエラの眼からは真っすぐで冒険者になるという決意すら感じられた。

「冒険者だった私が冒険者になるなとは言わない。ただ、約束してほしい。絶対に無謀な挑戦はしないでくれ」

「ん。分かってる。リチャードの本にも書いてあった、勇敢と無謀は違うって」

「本当によく覚えているな。よし、なら私も腹をくくろう。まずはシエラの養成所入所からだな。あとはアイリスに言って私の再就職もか。ふむ、忙しくなりそうだ」

「いやか？」

「いやじゃないさ。愛娘と一緒なら、それも面白くなるさ」


シエラが冒険者になると決意してから直ぐのこと。アイリスがいつものようにギルドにて業務を行っていたある日。

アイリスの執務室の扉をノックする音にアイリスは書類へのサインを止めることなく「どうぞ、

開いてるわよ」と応えた。

　また追加の仕事かしら？　と考えるアイリスの思考とは裏腹に、視線を上げた先には先日看病に訪れた、長年秘かに想いを寄せている人族の男性。リチャード・シュタイナーと、リチャードの養子であるシエラ・シュタイナーが立っていた。

「あら？　今日はどうしたの？　風邪の時のお礼なら別に構わないわよ？」

　想い人の来訪にニヤケそうになるのを拳を握って我慢しながら言うアイリス。

　そんなアイリスの胸中も知らずにリチャードは「この間の養成所の教官の件だが」とお構いなしに話を切り出した。

「あの話、受けてくれるの？」

「ああ。受けるよ」

「ありがたい話だわ。でもどうして？　あまり乗り気でなかったように感じたのに」

「この子が冒険者になりたいと言い出してね。親馬鹿みたいなものさ、シエラが冒険者になりたいと言い、私には教官への勧誘があった。なら同じ学び舎の下で娘の成長を見届けたい。そう思ったのさ」

「じゃあ。あなたが教官になることを決心したのはシエラちゃんのおかげなわけね」

「うむ。まあそうなるか」

　書類のサインの手を止め、椅子から立ち上がり、アイリスは「こっちで話しましょう」と、執務室から扉でつながっている隣の応接室へと向かうと、扉を開けた。

　先に応接室に入ったアイリスが手を耳に当て、短距離伝達魔法で何やら話しているのを見ながらリチャードとシエラはアイリスの後に続いて応接室に足を踏み入れる。

そして、アイリスがソファに座ったので、二人はガラス張りのローテーブルを挟んだ対面のソファに腰を下ろした。

「シエラちゃんが冒険者に、か。リチャードから見てどう？　シエラちゃんは冒険者としてやっていけると思う？」

「身内贔屓《みうちびいき》なしでその辺りは話すが、正直問題はないと思っている。魔導銃を初見で行使、ひと月と経たずに文字を覚えた学習力と記憶力、何よりも生きようとする力は平均的な十代の少年少女とは比べることすらできないよ」

「珍しくベタ褒めね。でも生きる力は、のくだりは言いすぎじゃないかしら？」

「君には言っておこう。この子、シエラは捨て子だ。正確にいつとは分からないがシエラは両親に捨てられ、私と出会うまでスラムやこの近くの路地裏を行き来していたそうだ」

「え？　そんな」

リチャードの話にアイリスは顔を歪め、悲しそうな顔でリチャードの隣に座るシエラを見る。

しかしそんなアイリスとは裏腹にシエラはアイリスに微笑んで見せた。

「でも、そのおかげで俺はリチャードやアイリスに会えたよ。それに今は幸せだと思うから。だから、そんな顔しないで」

シエラの言葉に嘘やお世辞はない。心の底からそう思っていると言わんばかりの笑みだった。

そんなシエラをリチャードは撫でる。

嬉しそうに撫でられているシエラの姿にアイリスは「そう、ならよかった、のかしらね」と微笑ましく思う反面、撫でられているシエラをうらやましく思う自分がいることに恥ずかしくなり首を振る百九十九歳の独身エルフ。

そんな時、応接室の廊下側の扉がノックされ「失礼します」とギルドの職員が姿を現した。手には人数分のカップと、何やら書類が載せられたトレーを持っている。

先ほどアイリスが伝達魔法で何やら話していたが、恐らく飲み物と書類の準備をさせていたのだろう。

「二人は甘いほうがいいわよね？　ミルクティーで良かったかしら？」

「ああ、気遣いすまない」

「ん。甘いほうが好き」

アイリスの言葉に、置かれたカップのミルクティーにさらに砂糖を放り込みながら二人は答える。

甘党なところは血が繋がっていないのに親子で似てるのか、面白いな。とアイリスは自分のストレートティーをギルド職員から受け取りながら微笑んだ。

その後、書類を受け取ると、職員がトレーを置いて立ち去るのを「ありがとうね」とアイリスは見送る。

ギルドの職員が持ってきた書類はリチャードの引退前までの最新の冒険者登録証紙と冒険者養成所の登録証紙だった。

「じゃありチャード。こっちの書類にサインを貰えるかしら」

「ふむ、了解した」

差し出された養成所の登録証紙とペンを受け取り、サインするリチャードの手元をシエラが覗《のぞ》き込んでいる。

何をしているか気になっている、というよりは登録証紙に書いてある文章を読んでいる様子だ。

サインを書き終わったリチャードは、書類とペンを返してミルクティーを口に運ぶと深くソファに腰を掛け直した。

「養成所の教官になるには試験があるのではなかったかな？」

「本来なら確かに試験を受けてもらうけど、貴方はSランク、しかもこちらからお願いした立場よ？　試験なんて私の権限でパスさせるわよ」

「贔屓が過ぎるんじゃないのかい？」

「過ぎないわ。大体、教官採用試験の筆記試験には貴方の研究資料を元に作った物もあるんだし、正直貴方が受ける意味はないのよ」

「ああ。そういえば何時だったか、資料を貸してほしいと養成所から打診があって貸し出したことがあったな」

「そういうこと。だから貴方には試験の必要はなし。シエラちゃんはそうもいかないけどね」

書類とペンを受け取り、立ち上がったアイリスは執務室へ向かいながらそう言うと「ちょっと待ってて」と執務室への扉を開けてそちらへ行ってしまった。

「親父、試験ってなに？」

「ふむ、改めて聞かれるとなんと答えれば良いのか。そうだな、試す。というのが正しいのかな。シエラが冒険者になれるように学ぶ為の場所に入れるように試す。それが試験だ。とはいえ、簡単な物だから受からない子供のほうが珍しいがね。何せ冒険者を育てる為の場所であって勉学を学ぶ学校ではないのだから」

「どんなことをするの？」

「大体が武器を振れる力があるか、魔法を行使できるかの二つを見るんだよ。冒険者養成所にもランクがあってね。才覚ありと見られれば組分けされて、卒業までの期間が短縮されるんだ。まあ、この辺りの説明は養成所に入所すれば教官が教えてくれるさ」

「親父がその教官なんじゃないのか？」

「ん？　あ。ははは。確かにそうだ。これは一本取られたな？　だが、シエラのクラスを担当できるかは分からないからね。入学したらちゃんと教官の言うことは聞くんだよ？」

「俺は親父のクラスが良い」

「甘えん坊さんめ。まあそう言ってくれるのは嬉しい限りだがね」

と、親子二人仲睦まじく会話をしていると、アイリスが執務室から戻ってきた。

持っていった書類が手元にない辺り、手続き的なことはもうなさそうだ。

「教官になるとして、私の着任はいつ頃になるのかな？」

「シエラちゃんと一緒に入所したいでしょ？　今期の入所試験は四か月後だから、その辺りになるわね」

「あと四か月か。分かった、ありがとうアイリス。それまでに準備を進めるよ。ああそうだ、お礼と言ってはなんだが今晩ご馳走させてくれないか？」

「え？　今日⁉」

突然のリチャードの申し出に、一瞬アイリスの思考が停止する。

それもそうだろう、仕事の話だけだと思っていたら、急に想い人から食事に誘われたのだから。

「む、すまない。予定がありそうだな、では後日に改めて」

「大丈夫！　大丈夫だから！　仕事が終わったら絶対に行くから！」

「あ、ああ分かった。では準備して待ってるよ」


用事を終え、冒険者ギルドを後にしたリチャードとシエラは、市場に今晩の夕食を買いにやって来ていた。

野菜などしか食べない。と、誤った情報で誤解されがちなエルフ族のアイリスだが、彼女は肉も普通に食べるので今日は肉を買いに肉屋にリチャードは足を向けていた。

「シエラ、急にアイリスを呼んだが、良かったのかい？」

「ん。アイリスは好きだから、良い」

実のところ冒険者ギルドに行くことをシエラに伝えた際、アイリスを夕食に誘いたいと言い出したのはシエラだった。思いのほか三人での夕食が楽しかったのだそうだ。

「やあいらっしゃいリチャードさん！　シエラちゃんも、いらっしゃい！」

肉屋に辿り着くと、店主がいつもの人当たりのいい笑顔で挨拶をしてきたのでリチャードは「やあ店主さん」と挨拶を交わし、シエラもリチャードに続いて「お肉屋さんのおじさん、こんにちは」と挨拶を交わす。

そして目的の牛肉を切り分けてもらってる間、世間話に花を咲かせた。

「へえ、シエラちゃんも次回の入所試験を受けるのかい？」

「シエラちゃんも、ということは店主のご子息も試験を？」

「ええ、そうなんですよ。リグスがねえ。どうしても冒険者になりたいって聞かないんですよ」

なんてことを話していると、肉屋の店に一人の少年が「ただいま！」と元気よく駆け込んできた。

背丈はシエラよりやや高い程度、切れ長の目に一部が赤く染まった茶髪のツンツンヘアーの男の子だ。

ただいまと言っていたこと、シエラと大して変わらない背丈からこの少年がリグスだとリチャードは思い、どうやらその勘は当たりのようだった。

肉屋の店主が「こらリグス！　お客様がいるだろうが。静かに帰ってこい！」と言って少年に拳骨を喰らわせようとしたのを、リチャードが「まあまあ」と制止した。

「元気なのは冒険者にとっていいことですよ店主。拳骨は勘弁してやってください。はじめましてではないはずだが、随分大きくなっていて一瞬誰か分からなかったよ。私のことを覚えているかい？」

「覚えてるよリチャードのおっちゃん！　久しぶり！」

「冒険者になるそうだね。うちの子も次回の試験を受けるんだ。仲良くしてやってくれ」

「うちの子？」

リチャードの言葉にリグスは首を傾げてシエラのほうを見る。

つられて首を傾けたシエラを見た瞬間、リグスの顔がみるみる真っ赤に染まっていくのをリチャードと肉屋の店主は見て「おや、これは？」と思っていると。

リグスは後退り、シエラと距離を離したかと思うと店の奥へと駆けていった。

「次男坊、恋を知るか？　ナースリーちゃんがいるってのに」

「仲良くはしてくれそうですね」

「いやあどうかなあ。ほら、聞く話でしょ？　好きな子程イジメたい、みたいな」

「ああ、確かに。聞きますねえ」

「イジメられたら、俺はやり返す」

「ハハハ！　シエラちゃんは頼もしいねえ！　はいよ！　牛肉三人分ね。値段は二人分でいいよ！　また贔屓にしてくださいね！」

「ありがとう店主。次に肉を買うときも来店することを確約しますよ。ではまた。さあシエラ、帰って夕食の準備に取りかかろう」

　こうしてリチャードとシエラは肉屋を後に自宅へと向かった。

　その道中。すれ違った同じ歳くらいの子供たちを見てシエラはリチャードに「仲良くできるかな」と不安を吐露するが、リチャードはシエラの頭を撫でながら「それはシエラ次第だよ」と愛娘に微笑んでみせた。

　そしてこの晩、仕事帰りのアイリスを予定どおりに迎えて三人は夕食を共にする。

　アイリスがリチャードの料理を食べ、自分の料理の味が負けていると感じたようで、夕食を食べ始めた際に若干悔しそうな複雑な表情を浮かべていた。

「くそう、美味しい」

「褒められている、よな？」

「ん。親父の料理は最高に美味」

笑い合いながら夕食を楽しむ三人。

この時、シエラはアイリスへの好意を確信する。父親であるリチャードに抱く好意と同等の好意をアイリスにも抱いていたのだ。アイリスが帰る時などは寂しいと感じてしまう程に。


シエラの養成所への入所試験まで四か月。

最初のひと月は努めて何かをしたわけではなかった。

まず大事だったのはシエラの痩せ細った身体を健康な状態に戻すことだ。

もちろん食っちゃ寝させていた訳ではない。

朝、共に目覚めて食事をし、読み書きを教え、昼になり、昼食を食べた後は二人で街を散歩し、時には街の外へも行った。

街の外には魔物が存在するが、街の近くの森や草原には比較的大人しい魔物しか存在しない。

森の奥まで進むと敵対的な狼型の魔物や熊型の魔物、亜人種である痩せた子供のような体躯《たいく》で体表が灰緑色《かいりょくしょく》のゴブリン等も存在するが、その手の魔物は冒険者が定期的に狩りを行うので、街の近辺にはなかなか現れない。

「親父、あれってスライム?」

「ん? ああそうだね。よく覚えているじゃないか。種類は分かるかな?」

「薄い緑色だからリーフスライム?」

「うむ、正解だ。偉いぞシエラ。あの種類はスライムの中でも大人しい類でね」

「親父の資料に書いてた。従魔が欲しい魔法使いがよく最初に使い魔にするんだよね?」

「そのとおり。私の研究資料を読んでいるだけあって、本当によく覚えているな」

「ん。魔物の生態って結構面白いから覚えた」

散歩がてらに歩く街道には爽やかな風が吹き、少し離れた場所に流れている川からはせせらぎが聞こえてくる。

その川と街道の間に広がる、背の低い草が緑の絨毯《じゅうたん》にも見える草原に、数匹のスライムがもぞもぞと草を溶かして食べていた。

シエラがそんなスライムを見て呟く。

「ゼリーみたいで美味しそう」

「ははは。確かに見えなくはないな。まあ味は薬草に近い苦さだがね」

「え？　食べたの？」

「若い頃に、ちょっと気になってな」

「そっかあ、甘くないのかぁ」

甘かったら食べたのかな？　と思いつつ苦笑いを浮かべるリチャード。

そんなリチャードの目に、街道の先から街に向かってくる冒険者パーティの姿が見えた。

治療はされているようだが、鎧が一部へしゃげ、破れたインナーウェアに血がこびりついている。

クエスト中に怪我をしたことがうかがえた。

その冒険者パーティがリチャードを見て「こんにちは」と声をかけてきた。

「やあこんにちは。クエストかい？」

「ええ、ブラウンベアを討伐してきたんですが、しくじって腕を失くしそうになりましたよ」

「それは大変だったね。お疲れ様」

挨拶を交わし、すれ違うリチャードとシエラの二人と冒険者パーティの四人。

冒険者パーティとリチャードの会話を聞いていたシエラが「友達？」と聞くが、リチャードは首を横に振った。

「ギルドで会ったことはあるがね、友人というわけではないよ」

「でも仲良さそうだった」

「コミュニケーションというものさ。よく覚えておきなさいシエラ。こうやって少しずつ顔を覚えてもらったり、相手との距離を縮めて仲良くなっていくんだ」

「こみに、けーしょん？　難しそう」

「はっはっは。そうだね。人によってはとても難しいものだ。だからこそ、挨拶くらいはするのさ」

「ん。分かった」

「さて、今日はそろそろ引き返そうか。またアイリスに会いに行くかい？」

「ううん、今日は親父と二人でいる」

「そうか、では帰るとしようか」

平々凡々な日常。二人の間に流れる穏やかな空気を愛しく感じていたのは親子共に、だった。

本格的にシエラの体調を良くしようと行動を開始してしばらく経った。

シエラに栄養満点の食事を与え、適度な運動をさせていくと、やせ細っていた体は徐々に健常な状態へと戻り、診療所での何度目かの鑑定診察にて、まだ痩せてはいるが健康状態に問題なしとの太鼓判を貰ったリチャードは、その診察の次の日からシエラとジョギングをすることにした。

シエラの運動機能は確かに正常で、生活するには何ら問題ない。

しかし、それはこの国の一般的な十歳の少女の平均ギリギリの数値らしいというので軽い運動をしていこうという話になったわけだ。

いつもより早く朝起きて、まだ薄暗い街をシエラの速度に合わせて走る。

最初は大した距離を走ることができなかったシエラだったが、彼女の負けん気がそうさせるのか、シエラは弱音を吐くことなくジョギングを続け、体力を順当につけていった。

「シエラは偉いな。ちゃんと毎日走って」

「運動は嫌いじゃないし。隣にリチャードがいてくれるから、頑張れる」

「嬉しいことを言ってくれるな我が娘は。それに運動が好きか、もしかしたらシエラは前衛向きなのかもなあ」

朝のジョギングを終え、汗を流すために自宅で朝風呂を堪能する二人。

リチャードがシエラを自分に背を向けるように浴槽内に座らせ、頭を撫でながら言った言葉にシエラは恥ずかしげもなく答えると、嬉しそうに笑みを浮かべた。

「シエラは冒険者になったらどんな武器が使えるようになりたいんだい？」

「リチャードはなんでも使えるんだろ？　じゃあ俺もそうなりたい」

「うーむ、それも一つの道ではあるんだがなあ。最初は一つか二つに絞って武器を使えるようにしておいたほうが良い。でないと万能に届かず凡庸にとどまることになってしまうからね」

「ぼんようってなんだっけ、器用貧乏と同じ意味だっけ？」

「ああ、そっちのほうが分かりやすかったか。意味は似てはいるが微妙にニュアンスが違うものな」

「俺、賢くなってる？」

「もちろん。私の知る限りではシエラほど博識な十歳はいないと断言できる」

「へへ。嬉しい」

風呂から上がり、部屋着に着替えてキッチンへ足を運び、二人そろってコップに入れた甘い砂糖入り牛乳を腰に手を当てて一気に飲み干す。

その後、朝食のバタートーストと目玉焼き、サラダを食べ終わると、この日は勉強に取りかからず、風呂場での会話の続きから、リチャードはシエラを自宅の武器庫へと初めて案内することにした。

「うわあ、武器が一杯だあ」

「師匠が使っていた物もあるからなあ」

シエラの眼が、好きな料理をテーブルに並べてもらった時と同じように爛々と輝いている。

宝石やアクセサリー、ぬいぐるみや可愛らしい服より、並べられた様々な武具に喜ぶシエラの将来をやや憂《うれ》うリチャードに構うことなく、シエラは武器庫の中を歩き回って壁に掛けられた武器類を楽しそうに眺めていた。

「これが使いたい、っていうのはあるかい？」

「どうしても決めなくちゃダメなの?」

「ダメではないが。分かったこうしよう。シエラが望むように私が使用できる武器の使い方、戦い方は教える。しかし、まずは一つ。多くても二つ。シエラが使いたいと思った武器を選ぶんだ。これなら戦えるという武器を練習して、慣れてもその武器での修業は続け、私が上達したと判断したら並行して別の武器の使い方も教えることにするよ」

「ん。分かった、頑張る」

リチャードにそう言われ、シエラは真っ先に壁に掛けられている剣の下へと向かい「じゃあ俺、リチャードと一緒がいいから、最初は剣を使う」と壁に掛けられた剣を指さした。

その行動にグッと心に来るものを抑え込もうとするリチャード。親馬鹿である。

だが、シエラはそれだけを選んだわけでもなかった。

壁に掛けられた剣に背を向け歩き、シエラは対面の壁に掛けてあったもう一つの武器の下に向かうと、その武器を指さして「これも使いたい」と、リチャードを見上げながら言った。

その武器というのが、唯一シエラが使用したことのある魔法を放つ銃の形をした魔法の杖。魔導銃だった。

冒険者の中には魔剣士として日々のクエストに励んでいる者がいる。

剣も魔法も使える才能。絶え間ない努力と修練の末辿り着く境地の一つである魔剣士。

シエラは無自覚なまま、魔剣士を目指すことを選んだのだ。

いや、魔剣士というよりは魔銃剣士とでもいうべきだろうか。

もちろんリチャードはシエラが剣と魔導銃を選んだ際は、それらを同時に使うとは思っていなかった。

剣を学びつつ魔法も学び、どちらの道を行くか選ぶのだろうと思っていたのだ。

しかし、シエラ用にと商業区の武具店で子供用のショートソードと、特注で用意してもらったサイズダウンされた魔導銃を購入した際。

「ハハハ。2つ同時に使うつもりかい?」

シエラが右手に剣を持って担ぐように構え、左手に持ったライフルを構えたのを見て、リチャードは冗談交じりに笑って聞くと、シエラは真面目な顔で「ん。二つとも使う」と自分専用の武器にご満悦な様子で答えた。

「剣と魔導銃を同時になんて。いや。できない、あり得ないと子供の可能性を潰すのは親のすることではないな」

「アイリスがやってたから。アイリスの真似」

「ああ、そうか。アイリスの二刀流から着想を得たのか。だがシエラ、二刀流、とは少し違うが、恐らく剣と銃2つを同時に使いこなすのは相当困難だぞ? 茨の道を歩くようなものだ、それでも同時に使いたいかい?」

「ん。茨の道でも、道があるなら進めるってことだし。リチャードやアイリスがその先にいるなら。俺は進むよ」

「そうか、分かった。なら明日からは少しずつ筋力も鍛えなければな」

リチャードの目を真っ直ぐ見つめて言うシエラにリチャードは微笑み、シエラの想いに応えるように頭を撫でる。

頭を撫でられたシエラは大層嬉しそうに笑顔を浮かべて「頑張る」と張り切っていた。

その日の晩。リビングで寛いでいた親子二人だったが、そろそろ眠気が襲ってきた夜更け頃。

「さて、そろそろ寝ようかシエラ」

と、欠伸《あくび》をし終わったリチャードが言うと、シエラが買ったばかりのぬいぐるみでも抱えるかのように自分の剣と銃を抱えた。

「こらこら、武器とは一緒に寝ることはできないぞ？」

「やだ、一緒に寝る」

「危ないだろ？　万が一怪我でもしたらどうする」

「いや。一緒に寝るの」

恐らくはかなり眠いことで駄々っ子になっているだけなのだが、さて困った、と眠る前にリチャードは頭を悩ませることになった。

なにせシエラが駄々をこねるのはコレが初めてなのだ。

鞘に入っているとはいえ、武器を抱えて眠るのは危険だ。

なのでリチャードは妥協案としてベッドの横に椅子を2つ並べ、その上に剣と銃を置きその上にタオルケットを掛けて誤魔化《ごまか》してみた。

「こ、これで如何かな？　これなら一緒に眠れるだろ？」

「ん。これなら。いい」

満足した、というよりは眠気に負けたのだろう。

シエラはリチャードよりも先にベッドに潜り込むと自分の武器を眺めながら夢の世界へと落ちて

いった。

翌日からシエラの特訓は熾烈《しれつ》を極め、なかった。

いつものように早起きし、運動用のシャツとズボンに着替えた二人は「今日は向こうの区画まで走ろう」と日々少しずつにではあるが距離を伸ばしてシエラの体力のつき具合をリチャードは確認していた。

そして、ジョギングを終えると家に帰って朝風呂を楽しむ。

リチャードが冒険者として励んでいた頃には、全く思い浮かばなかった一日の始まり。

それに加えて、今日からはまた新しい日課が生まれることになる。

午前中、シエラは勉学に励んで、昼食を挟んで昼寝をし、目覚めると筋力強化と武器の使い方の勉強の為、リチャードはシエラを連れ、鍛練場を借りる為に冒険者ギルドへと向かった。

「アイリスに会うの？」

「ああ、そうだなあ。場所を借りるとは事前に言ってはいるが、日時は指定していなかったから顔は出すべきかもな」

話をしながら街を歩き、ギルドに到着した二人は受付に顔を出してアイリスの在席を確認すると「執務室で勤務中です」とのことだったので「お呼びしましょうか？」という職員の心遣いを「いや、仕事を邪魔する訳にはいかない」と断り、リチャードはシエラの手を引いてアイリスの執務室を目指そうとした。その時だった。

ちょうど二階への階段に差しかかった二人の前に、会おうとしていた冒険者ギルドのマスター、アイリスが二階から下りてきた。

不意の鉢合わせに驚き、三人が三人とも一瞬動きが止まる。そんな中、最初に声を出したのはリチャードだった。

「やあ、アイリス。すまないね仕事中に」

「べ、別に構わないわよ、丁度休憩しようと思っていたし」

どうしたのリチャード、会いに来てくれたの？　嬉しい。とは言えない、リチャードに絶賛《ぜっさん》片思い中のエルフさん百九十九歳。

そろそろ生誕二百年を迎えるアイリスは周りの目もあって、ついツレナイ態度をとってしまう。

そして彼女は自宅に帰った後に激しく後悔するのだ「なんであんな言い方しかできないんだ私は！」と。

「以前話していたとおり、鍛練場を借りに来たんだ。しばらく通わせてもらうが構わないかい？」

「ええ、どうぞ。五人の冒険者を同時にSランクにまで育てたその力、とくと見せてもらうわ」

「そんな大層なことをする訳ではないよ、まずは基礎体力、武器の基本的な使い方からさ」

「あらそう。見学させてもらっても？」

「もちろん、シエラも喜ぶよ」

というわけで、何とか想い人と共にいる時間を作れたことに小躍りしたい気持ちを抑えつけ、アイリスはリチャードとシエラの後ろをついて歩き、ギルドの裏手、野外の鍛練場へと移動した。

そこでリチャードはまずシエラに自宅から持参した木剣を渡すが、そこで何かに気がついたようにシエラが木剣とリチャードの顔を交互に見る。

「親父、買った武器忘れた？」

「いや、忘れたわけではないよ。まずは筋力をつけないと、折角買った剣もうまく振れないだろう？　怪我の防止の為にもまずは木剣からだ。いいね？」

「ん。親父がそう言うなら」

「よしよし、いい子だ」

リチャードに頭を撫でられ嬉しそうに微笑むシエラを見て微笑ましく思う反面、羨む心がアイリスの口から「いいなあ」と言葉を吐かせた。

「アイリス、何か言ったかい？」

「な、なんでもない！　なんでもないわよ！」

「そ、そうか、すまない。聞き間違ったようだ」

「アイリス、素直じゃない」

「うぐぅ」

リチャードがアイリスに背を向け鍛練場の中央へと向かった後、残っていたシエラに言われて多大なダメージを受けるアイリス。

そんな大ダメージをアイリスに負わせたシエラは先に行った父の待つ鍛練場の中央へ駆けて行った。

そして軽く準備運動をしたあと、武器の持ち方から基本的な構え方などをシエラはリチャードから学び、素振りや筋力強化に努め、この日の鍛練は終了となった。

子供の頃から筋力を鍛えすぎると成長を阻害する恐れがある。師匠であるエドガーからそう聞いたことがあるリチャードは、適度に休日を挟みながらシエラとギルドに通った。

毎日とは言わないが、かなりの頻度で通っているので、リチャードに連れ添っているシエラもギルドの職員や冒険者達に顔を覚えられ、数日もすると「こんにちはシエラちゃん」と声をかけられるようにもなった。

親子二人がギルドに来ない日などは「今日はシエラちゃん来てないのかあ」と職員や冒険者が残念そうに言うくらいには関係は良好だ。

それというのも、シエラがリチャードの言いつけを守り、挨拶をされたら「ん。こんにちは」と皆に挨拶を返していたからにほかならない。

そうして数週間、ギルドに通う日々を送っていると、頃合いと見たか、リチャードが家を出る際に木剣ではなく専用のショートソードと魔導銃をシエラに渡した。

「いい筋肉のつき方をしてきている。靭《しな》やかでいて、強靭《きょうじん》にはまだ程遠いが、このまま鍛えれば女性らしさは損なわずに力もつくだろう」

「むう。くすぐったいよリチャード」

「ああすまない、しかし筋肉のつき具合は触らないと解らんこともあるのでね」

「なら。我慢する」

武器を渡した後、シエラの二の腕や腹、太もも、ふくらはぎを触りながらリチャードは言い、筋肉のつき具合いを確認すると、シエラの頭にポンと手を置き「今日から本格的に始めるぞ」と微笑んで、シエラと共に今日もギルドに向かっていく。

「これ、格好いい」

「気に入ってくれたかい？」

家を出る直前。剣と共にリチャードは剣を収めた鞘を腰に携える為のベルトをシエラにプレゼントしていた。

そのベルトを腰に巻き、シエラはご満悦だ。

魔導銃にはベルトが付属しているのでそれは肩に掛けてシエラはギルドへ向けて歩く。

重量は木剣の比ではないが、日頃のトレーニングがちゃんと身についているのだろう。

シエラは汗一つかくことなく武器を携えたままギルドまでの道を歩ききった。

「体力も随分ついたな。これだけでも入学試験は問題ない気はするよ」

「ん。でもせっかくなら俺は上を目指したい」

「うむ。最終目標は高くて良い、だがまずは」

「小さな事からコツコツと」

「そうだ。目標までの目標を少しずつクリアしていくんだ。そうすればいつかは最終目標に辿り着く」

「ん。俺、頑張るよ」

ギルドに到着し、鍛練場に向かうと今日は先客がいた。

若い冒険者たちが数名。鍛練場の中央で模擬戦をしているので、リチャードとシエラはその様子を観戦することにした。

「シエラ、よく見ていなさい。自分ならどうするか考えるんだ」

「ん。見てる」

　しばらくして、模擬戦を終えた若い冒険者たちが休憩の為に壁際に移動したので「よし、行こうか」とリチャードはシエラを連れて鍛練場の中央へと移動し、リチャードは木剣と木の盾を、シエラは新品の剣と魔導銃を抜いた。

　その様子を見ていた若い冒険者はシエラの武器の組み合わせに「剣と銃？　子供が？」と苦笑しているがその苦笑は直ぐに引きつることになる。

「さあシエラ。遠慮は無用だ、今まで教えてきたことを私にぶつけなさい」

「ん。怪我しないでね」

「ははは。問題はないよ。多分ね」

　盾を構え、シエラの出方をうかがうリチャードに、剣と魔導銃をダラリと力なく下ろしていたシエラが不意に銃口をリチャードに向けた。

「せんて、ひっしょー」

　やる気があるのかないのか、抑揚《よくよう》のない声で言うと、リチャードに向けた魔導銃の魔石に魔力を込め、シエラが放ったのは以前この場所で試し斬り用の人形の胴体から上を粉砕した水の魔法。

　大砲の砲弾のような硬質な水球がリチャードへと向かい、その魔法を射出したシエラは直後リチャードへと向かって駆けだした。

　近接格闘には子供が大人に痛手を与える方法はいくらでもある。

　噛みついたり、引っ掻いたり、踵《かかと》で足を踏んだり、脛《ひざ》を蹴り飛ばしたりと、知っているなら、使えるならば子供にも大人を悶絶《もんぜつ》させる攻撃は可能なのだ。

しかし、魔法という技術は大人を悶絶させる程度では済まない。

例え子供が使おうとも、発動した魔法は簡単に大人を殺傷できる。それが魔法という技術だ。

シエラの放った水の砲弾もその類《たぐい》の魔法だ。

試し斬り人形を粉砕した水球など、生身の人間が直撃したあかつきにはどうなるかなど想像に難くない。

そんな魔法にリチャードは盾を構えた。

まともに受ければ盾ごと腕が壊れかねない。そう考えたリチャードは盾に角度をつけ、正面から受け止めるよりは受け流すことで水の砲弾をいなした。

軌道をそらされた水の砲弾がリチャードの後ろの壁を丸く凹ませ、放射状にひび割れを発生させる。

大の大人が大槌《おおづち》で壁を叩いたような惨状に、観戦していた若い冒険者たちは肝を冷やす。

そんな威力なものだから、受け流したとはいえ、リチャードは体勢を崩した。

そんなリチャードにシエラは肉迫し、剣を振り下ろす。

しかし、体勢を崩していたにもかかわらず、リチャードはその振り下ろされた剣を木剣で弾いた。

本来なら木剣が斬り裂かれそうなものだが、リチャードが強化魔法で木剣を強化していたからこそ木剣で鉄の剣を弾くことができたのだ。

「やるじゃないかシエラ。正直、見込み以上だよ」

「ん。ありがとう」

弾かれ、今度はシエラが体勢を崩すが、シエラはシエラで体勢を崩しながらも銃をリチャードに向け、今度はただの魔力の塊を弾丸に見立てて数発放つ。

これをされては追撃できないと、盾を構え直し、リチャードは魔力の弾丸を防いだ。

その盾を構えている方向にシエラは回り込み、リチャードの死角に入るように移動すると、再びリチャードへと向かって駆け寄る。

（いいセンスだ。もしかしたらこの子は本当に）

リチャードの思考を中断させるようにシエラが剣を振り、魔導銃からは魔力の弾丸や得意の水魔法を放つ。

それを全て軽く、いなし、躱《かわ》し、受け止めるリチャードだったが、初めての模擬戦でここまで動けるシエラにリチャードの期待は膨らむばかりだ。

（天才だ。この子には間違いなく師匠が言っていた戦う為の才能がある）

そう考えながら、リチャードはニヤッと笑った。

そして、盾を突き出す打撃、シールドバッシュを後ろに跳んで躱したシエラの、剣と銃をダラリと下ろしたような構えに、リチャードはアイリスの姿を重ねて見ていた。

シエラは見様見真似《みようみまね》でアイリスの二刀流を模倣し、剣と銃でそれを再現していたのだ。

「アイリスの二刀流か、よく再現できている」

「ん。頑張った」

汗だくになっているシエラが、全く汗をかいていないリチャードの言葉に満足そうに微笑む。

「私の真似はしてくれないのかい？」

「親父の真似すると、銃が使えない」

「できなくはない、と。ははは、凄いなあ。将来が俄然《がぜん》楽しみになってきたよ。ふむふむ、よし。今日は一旦止めにしようか。シエラの戦い方に合った鍛練方法を考えるよ」

「ん。分かった。親父、パフェ食べたい」

「お、いいな。私も食べたいと思っていたんだ。今日は特製パフェを食べてから帰るとしようか」

「やったあ」

本当に嬉しいのか、いまいち分かりかねる抑揚のない歓喜の声にリチャードは苦笑すると、木剣と盾を背中に携えた。

シエラも腰の鞘に剣をしまい、肩に魔導銃を掛けるとリチャードに駆け寄り手を繋ぐ。

そして、壁際の棚に置いていたタオルを取り、リチャードはシエラの汗を拭うと二人は屋内へと向かっていった。

親子二人の模擬戦を見ていた若い冒険者たちは休憩を終え「俺たちも負けてらんねえ！」と、模擬戦を再開。

二人の模擬戦は、というよりはシエラの戦いぶりは、若い冒険者たちを奮い立たせる程のものだったわけだ。

「なあ親父。壁壊しちゃったけど良かったのか？」

「ん？　ああ構わんよ。ギルドの人が直してくれるからね」

「そっか。分かった」

冒険者ギルドの屋内。食事処は今日も冒険者でごった返している。

肉や魚の焼ける香ばしい香りが鼻をつき、食欲を刺激するが、リチャードとシエラの甘党親子はギルド特製のパフェを食べていた。

「ん〜。チョコ美味しい」

「うむ、甘味の中にあるほのかな苦味がアイスや生クリームの甘さを引き立たせているな。キメの細かいクッキーも絶品だ、口の中でアイスと絡んで。うむ。美味いなあ」

特製パフェにご満悦の親子は行き交う冒険者たちから見ても和やかな様子だ。

パフェを頬張るシエラを見て「今の見た?」「可愛いねえ」と、女性冒険者の二人組などはニコニコしながら親子二人のテーブルを通りすぎた後に話していた。

そんな親子のテーブルに近づく人影が一つ。まあ、アイリスなのだが。

「ちょっと同席良いかしら?」

「アイリスだ。こんにちは」

「やあアイリス。休憩かい?」

「こんにちはシエラちゃん。そう休憩。部屋から見てたわよ二人とも。シエラちゃん、もしかしてあの剣の構え方って私の真似だったりする?」

シエラの横に座りながら、挨拶を交わしたアイリスが嬉しそうにシエラに聞いた。

不快に感じていないのは明らかだったので、シエラは頷き「アイリスの真似した」と微笑みながら答えると、シエラは渾身《こんしん》のドヤ顔をアイリスに向ける。

「はあ〜可愛い。連れて帰りたい」

「馬鹿を言うな。前にシエラにも言われただろうが」

「わ、分かってるわよ」

「俺はアイリスの家には行かない。だから、アイリスが親父の家に住めばいい」

「ハハハ、確かにそれならいつでも一緒にいられるな」

子供の無邪気な発言はアイリスには刺激が強かったか、その発言を冗談と捉え、笑うリチャードとは違い、アイリスの顔は赤い薔薇《ばら》のように染まっていく。

「い、一緒に住めばって。私とリチャードが結婚するってこと!?」

「いやいや、何故そうなる」

「親父と結婚？　アイリスが？」

アイリスのあげた声に周囲のテーブルで食事中だった冒険者たちは「やっと告白する気になったかマスター」「いつまで片思いしてるつもりなのかしら」「片思いしてる間にリチャードさん寿命で死ぬんじゃね？」等と口々に言っては笑い声が聞こえてくる。

そんな冒険者たちをアイリスは睨みつけ、殺気を向けると、冒険者の笑みは引きつり、冷や汗を流しながら視線を逸らして食事に戻っていった。

「アイリス、殺気を振りまくな。彼らは冗談で言ったに過ぎんだろう？　シエラもいるんだぞ？　冷静になれ」

「アイリス、怒ってる」

「はあ～。そうね、ごめんなさい。確かに大人気なかったわね」

「で？　何か用があって会いに来たんじゃないのかい？」

「ああ、ええそうね。いや、えっとシエラちゃんが私の剣の真似をしてたから色々教えたくなっちゃて。それはそれにしてもよ。シエラちゃんかなり器用よね、魔導銃使いこなしてるじゃない。

上から見ていてビックリしちゃったわ」

「うむ。私も正直驚いたよ。もしかしたらこの子は私の見込み以上に成長するやもしれん」

「貴方が言うならそうかもしれないわね。ねえ、シエラちゃん。今日お父さんと戦ってみてどうだった？」

「ん。楽しかった。親父といると毎日楽しい。勉強もトレーニングも、全部が楽しい」

「天才が努力を楽しめば最強になる。だな」

「誰の言葉？」

「師匠だよ」

シエラの疑問の言葉に、リチャードは師匠であるエドガーに言われたことを思い出しながら微笑んで答えた。優しい笑顔だった。

そんなリチャードの笑顔に、アイリスは見惚れていた。


初めての模擬戦をした日の翌日から。親子二人での鍛錬に加え、アイリスが鍛錬場に来てシエラに剣の指導をするようになった。

初の模擬戦から五日連続。シエラに剣を教えるという大義名分を掲げ、毎日リチャードとシエラに会いに来ている訳だが。

「すまないなアイリス、二刀流は専門外でね。指導してくれて助かるよ」

「いや、まあ一応教えてはいるけど。剣と魔導銃の組み合わせは二刀流と呼べるのかしら？」

「シエラが君の技を見て新しい発想をし、それを魔導銃を使う自分に落とし込んで考え、そして体現している。アレンジされているが、間違いなく君の二刀流だと思うが」

「まあ、それもそうなんだけど。あの、ほら見た目というかなんというか。ジョブはどうなるのかしら」

「ああ、確かに。気が早い気はするが。冒険者としてギルドに登録するなら、パーティを組みやすくするために書かなければならないものな。二刀剣士とは違うし、魔剣士で良いのではないかね？」

冒険者をしていると、どうしても一人では達成困難なクエストが出てくる。

商人の護衛や、強力な魔物の討伐等がそうだ。

そんなクエストも、頼もしい仲間がいれば達成できる。

ギルドの受付に行って「こういう仲間が欲しい」と頼めば、ギルドの職員がその要望に応え「こちらの中から選んでいただければ私たちからお声掛けします」と、要望に合致する冒険者の元にギルドを通じて指名の連絡が来る仕組みだ。

故に冒険者はギルドカードを作る際に書類に得意な武器やジョブ。剣士、魔法使い、大盾使い、スカウトなどと書き記すのがこの国のギルドの決まりになっている。

「アイリス、次は？　次は？」

壁際でシエラのジョブはなんと呼ぶのかとリチャードとアイリスが「魔剣士ともまた違うような？」「では銃剣士、だが普通の銃でもないぞ？」と議論していると、鍛練場中央で素振りを終えたシエラが二人の元に駆け寄って来た。

「なんの話してるの？」

「ああ、シエラが養成所を卒業した後の話なんだがね」

と、シエラの質問にアイリスと二人で話していた内容をリチャードは説明する。

まだ入所すらしていないが、シエラの戦闘スタイルがやや特殊な為にリチャードもアイリスも新しいジョブをなんと呼ぶべきか決めるのが楽しくなってきていた。

「ジョブかあ。親父はなんだったの？」

「私は剣や槍、戦斧《せんぷ》や大槌と、まあ近接武器を相手に合わせて使い分けていたからね。最初はただの剣士で登録したはずだったんだが、いつの間にかギルドカードにはバトルマスターなどという大袈裟なジョブ名を刻み直されていたよ」

「おお。バトルマスター、格好いい。お母さんは？」

「お母さんはねえ。…………お母さん⁉」

「あっ、間違えた」

不意に言い間違えたシエラからお母さんと呼ばれ、あたふたするアイリスが顔を赤くしていく。

やぶさかではない、むしろいい、そう呼ばれたい、とは言えず。

平静を装いながら「わ、わ、私は二刀剣士って、と、登録してるわ」と噛み噛みでシエラに応えた。

「俺は魔剣士？　銃剣士？　2つ合わせて銃魔剣士？　それとも魔銃剣士？」

「い、いいんじゃない魔銃剣士！　格好いいわよシエラちゃん！」

「ん。じゃあ俺、魔銃剣士」

こうしてシエラのジョブ名は、なし崩し的だが決め終わったので、リチャードは今日もシエラと模擬戦をするために娘を連れて鍛錬場中央へと向かった。

その様子を見つめるアイリスは「お母さんかあ」と嬉しそうに微笑んでいた。


リチャードとシエラが冒険者ギルドに通い始めて六日。この世界で言うところの一週間が過ぎた。

太陽の神、月の女神、火の神、水の女神、空の神、地の女神。

この世界を見守っていると伝えられている六柱の神にあやかって太陽の日、月の日、火の日、水の日、空の日、地の日と一週間は定められている。

そして今日は一週間の終わりである地の日。リチャードとシエラは冒険者ギルドでの鍛錬を休み、釣《つ》り竿《ざお》を肩に担いで街の外に出ていた。

鍛錬ばかりでは体を壊すと思ったリチャードがシエラを連れ出したのだ。

昨夜のこと。鍛錬を終えて帰宅したリチャードとシエラは一緒に風呂に浸かって蕩《とろ》けそうな程に寛《くつろ》いでいた。

そんな時、リチャードが「地の日は息抜きに遊びに行こうか」とシエラに提案したのだが、シエラは首を傾げて「なんで?」と返した。

「鍛錬ばかりでは疲れる一方だからね、ゆっくり休むのもいいが、たまには外に出て息抜きでもと思ったのだが」

「鍛錬も楽しいけど」

「休むのも大事なんだぞ? 鍛え続けると壊れることもあるんだ、ゴムをずっと引っ張り続けるといつかはプチンと切れるだろ?」

「うん、切れる」

「人間の体も同じさ、動かし続けていればやがて壊れる。今はまだシエラは若いから大丈夫だが、大人になってから蓄積されたダメージは表に出てくるからね。将来ずっと足や腰、肩が痛いのが続くなんて嫌だろ？」

「ん。ずっと痛いのはヤダ」

「だからたまに休むのさ。分かるね？」

「ん。分かった」

と、まあ風呂に入りながら翌日は休むと決めた二人だったが、リチャードはこの後リビングで悩むことになる。

シエラはたまの休みも基本的に外に出ない。

リチャードの横で一緒に小説を読んだり、リチャードが作成した魔物図鑑を楽しそうに読んだりするのがシエラの休日の過ごし方だ。

何が言いたいかと言うと、リチャードは年若い少女を何処に連れていけば喜んでもらえるかが分からなかった。

分からなければ聞けばいいか、とリチャードは自分の隣で魔物図鑑を読んでいるシエラに「どこか行きたい場所はあるかい？」と尋ねるが、シエラは首を横に振りながら「ううん、ない」とだけ応えて首を傾げる。

「演劇鑑賞や音楽鑑賞などはどうだい？　興味ないかい？」

「それは楽しいの？」

「う～ん、演劇に関しては題材によるか。どちらにせよずっと座りっぱなしにはなるし、楽しいかと聞かれると、自信を持って楽しいとは言えんな」

「じゃあ、ヤダ」

「おやおや。さてどうするか」

こういう時に役に立つのは過去の記憶、思い出である。

リチャードは若い頃に孤児院で子供たちの世話をしていた時のことを思い起こしていた。

暑いという程ではなかったが陽気が気持ちよくポカポカと暖かい日。

孤児院を経営している教会の獣人族のシスターに頼まれ、リチャードは当時よく一緒にクエストに行っていた友人と共に孤児院の子供たちを引き連れて川へ遊びに行っていた。

リチャードと友人は子供たちに危険が及ばないように様子を見ていただけだったが、皆楽しそうに遊んでいたのを覚えている。

そんなことを思い出したので「よし、川に遊びに行くか」となり。

翌日の朝から釣り竿を武器庫の隅から引っ張り出して準備をし、着替えと護身用に剣も持って街を出た。

「親父、俺も荷物持つよ？」

「そうかい？　じゃあこの釣り竿を一本持っていってもらおうかな」

親子で釣り竿を担ぎ、川に向かう地の日の休日。

本日は晴天。気温も高くなりそうで絶好の水遊び日和だ。

リチャードとシエラが釣りに向かって街道を歩いている頃。

二人の家に訪問者が現れた。

家主の不在を知らないアイリスである。

いつもならギルドの執務室にて書類に睨みをきかせ、サインを書くために手を動かしている時間なのだが。この日、アイリスはシュタイナー親子を連れて遊びに行くことを決心し、胸元にリボンのついた普段は着ないブラウスと、裾にフリルのついたロングスカート、手には早朝から作ったサンドイッチの入ったバスケットを持ってリチャード宅を訪れた。

「ふう。自然によ、自然に。今日は休日で暇だからピクニックにでも行かない？　って言えばいいだけ。ああ、でももし二人に断られたら。いやいやいや大丈夫、大丈夫なはず。ええい、ままよ！」

と、小声で言いながらアイリスは心臓が早鐘のように鳴りそうになるのを深呼吸して落ち着かせようとする。

だが、過去にあらゆるクエストをこなし、数多の強力な魔物を倒し、戦争すら経験したことがある歴戦の勇士は緊張のあまり玄関のドアノッカーを掴んだはいいが叩くことができないまま固まってしまっていた。

そんな時だった。リチャードの家の前を通った隣の家に住んでいる年配のおば様が玄関前でドアノッカーを掴んで固まっているアイリスに「あら？　シュタイナーさんにご用かしら？」と声をかけてきた。

「あ。どうも、こんにちは」

「はい、こんにちは。ご丁寧にどうも。シュタイナーさんなら朝から釣り竿を持って娘さんと出かけるのを見かけましたよ？」

「え⁉　本当ですか？」

「ええ。色々荷物も持っていましたから、しばらくは帰って来ないんじゃないかしらねえ」

「そうですか、分かりました。ありがとうございます」

「いえいえ、それでは。地の神のご加護があらんことを」

アイリスに言うだけ言うと、おば様は立ち去っていった。

袋を持っていたので買い物にでも向かったのだろう。

一人取り残されたアイリスは落ち込んだのか。息を大きく吸った後、特大のため息を一つ吐く。

「なんで、なんで誘ってくれないのよ。いやまあ付き合ってるわけじゃないし？　それでも最近は仲良くできていると思ってたのに。はあ。コレどうしよう。いや、追うか」

サンドイッチの入ったバスケットの蓋が固定されていることを確認し、アイリスは魔法を2つ発動した。

一つは個人の持つ魔力の残滓《ざんし》を視覚化する魔法である【チェイサー】。

もう一つは身体強化魔法の中でも脚力強化に特化した【アクセラレーション】という魔法だ。

割と本気で標的を追跡するような場面で使用されるような魔法の組み合わせを発動させて、アイリスは走り出した。ロングスカートで。

「ああもう！　スカートは失敗だったわ！」

ヒールじゃなかっただけマシか。と、足元の自分のサンダルを見て思いながら、アイリスは走りだした。二人に追いつくためにチェイサーで二人の向かった方向を確認し、最短距離を行くために二階建ての家屋の屋根の上まで跳ぶ。

そして、着地寸前に自身に重量軽減の魔法を発動して、アイリスは屋根の上を伝って走り、跳び、リチャードとシエラを追った。

一方その頃、自分たちがまさか追われているとは露知《つゆし》らず、親子は街道を外れ、草原を川に向かって歩いていた。

「親父、魚釣りって面白いの？」

「ああ、面白いとも。最初は釣れなくて面白くないかもしれないが、かかった瞬間の手応えはなかなかだぞ？」

「釣れるかな？」

「釣れたら今日のお昼は焼き魚だな」

「ん。親父の料理なら焼き魚も好き」

ポカポカ陽気に包まれて、広大な草原を釣り竿片手にリチャードとシエラは歩いていく。

目的地である川は目前だ。

元気に降り注ぐ太陽の光が2人の肌にじんわり汗を滲ませていく。

そんな2人を気遣うように爽やかな風が吹いた。川に近いこともあってか随分涼しい風だ。

そんな心地良い風の音に紛れて「おーい！」と聞き慣れた声が聞こえた気がして、リチャードとシエラは2人で見合うと首を傾げて振り返った。

そこで見たのは猛烈《もうれつ》な勢いで駆けてくるアイリスの姿。

魔法を複数使用して迫ってくるその勢いたるや、森に生息する巨大な猪型《いのしし》の魔物も真っ青になるほどだ。

「はあ、はあ。お、追いついたわ！」

「どうしたアイリス。何かあったのか？」

「何か、あったのか、じゃないわよ。はあはあ」

「一旦落ち着け。ほら、タオルだ。汗を拭くといい」

「あ、ありがとう」

リチャードが持っている荷物の中から取り出したタオルを受け取り、汗を拭うとアイリスは大きく息を吸い込み深呼吸して、自分にかけていた魔法を全て解除した。

追跡《チェイサー》、加速《アクセラレーション》、重量軽減、この三つを解除すると軽かった体に本来の重量がのしかかる。

そのせいだろう。

アイリスは一瞬何かを担ぐように「うっ」と声にならない声を吐き出した。

「アイリス大丈夫？」

「ええ、ありがとうシエラちゃん。大丈夫、もう大丈夫よ」

「さて、では落ち着いたところで話を聞くとしよう。歩きながらな」

アイリスを加え、川に向かう三人。

リチャードの隣を歩くシエラを挟んで、アイリスはリチャードにここに来た理由を話しだした。

リチャードの家の近くをたまたま通りがかったら、たまたまご近所さんと会話することになって遊びに行ったと聞いたから、手違いで多く買ってしまったサンドイッチを届けに来た、とかなり無理のある、もはや言い訳のような理由だった。

「君は昔から嘘が下手だなあ。私の家と君の家はギルドを挟んで逆の位置じゃないか。ご近所さんと会話したのは本当だとして、サンドイッチを手違いで多く買ったというのも嘘だな？　君のような聡明《そうめい》な女性がそんなミスをするとは考えにくい。何より合理的な判断ができる君ならこんな場所まで来ないでギルドの職員に配るはず。何よりもその格好だ。リボン付きのブラウスにロングスカートなどという愛らしい服装は到底仕事に行くための服には思えん。だいたい」

「親父、親父。もう許してあげて。アイリスが茹《ゆ》でた八本足のクラーケンの足みたいになってる」

リチャードがシエラに服の裾を引かれながら言われ、アイリスを見てみると、褒められて嬉しいのか、嘘を暴かれ恥ずかしいのか、笑っているのか困っているのか、恥辱と歓喜の狭間のような表情を浮かべて俯いているのが見てとれた。

「ほ、本当は2人をピクニックにでも誘おうかと思って。家に行きました」

「ハハハ。全く、嘘なんて君らしくもない。でもそうか、それは悪いことをしたな。普段鍛練場を提供してくれている君にも声をかけるべきだったよ」

「アイリスも一緒に釣りしよ？」

「いいの？」

「ん。アイリスは好きだから、いい」

こうして三人は川に到着したので、適度に開けたところを探して川沿いを川上へと向かって歩いていく。

するとと、水面で一匹魚が跳ね、ポチャンと音をたてた。

川の水深は深いところでもリチャードの膝よりやや上。

流れは緩やかで、川岸には草や砂ではなく、山に近づいたせいだろうか、砂利が地面に広がって、ところどころに座るに良さそうな岩が転がっていた。

「これ以上進むと森に入ってしまうか。よし、この辺りで荷物を広げよう」

言いながらリチャードは釣り竿を地面に置くと、アイリスの魔法で地面を平らにしてもらい、畳んで持ってきていた敷物を広げてその上に荷物も広げていった。

「薪を拾ってくるよ、シエラ、アイリスと待っていておくれ。アイリス、シエラを頼むよ」

「ええ、分かったわ。まだ浅いとはいっても森が近いから気をつけて」

「承知している。じゃあシエラ、行ってくるが、賢くしてるんだぞ？」

「ん。大丈夫。気をつけて」

「ああ、では行ってくる」

微笑むシエラの頭に手をポンと乗せて撫で、その後リチャードは用心のために背負ってきた愛剣を鞘から引き抜き、刀身を確認すると、森に一人で足を踏み入れていった。

リチャードが薪を拾いに行っている間、シエラとアイリスは言うまでもなく二人きりになるわけだが、リチャード抜きで二人きりになるのは以前リチャードが倒れた時を入れてこれで二回目。

共通の話題が百九十九歳のエルフと十歳の人間の少女に生まれるわけもなく。敷物の上に座った二人は沈黙していた。

だが、アイリスからすれば好意を寄せている人間の娘。

さらに言えばアイリス自身も素直でいい子のシエラを気に入っている。

となれば年長者である自分がシエラを退屈させるわけにはいかないと思ってか、意を決したアイリスは持ってきたサンドイッチの入ったバスケットに手を伸ばした。

「ね、ねえシエラちゃん。お腹減らない？　サンドイッチ作ってきたんだけど」

「買ってきたんじゃないの？」

「嘘吐いてました。ごめんなさい、自作です」

「アイリスが作ったやつなら、食べる」

「ホントに？　じゃ、じゃあ」

子供の無邪気で無自覚な言葉は時に刃物のように大人の心を貫く。

無自覚《むじかく》ドSな感じがどこかリチャードに似てきたな。そう思いながらアイリスは持参したバスケットをシエラに差し出し、蓋《ふた》を開けた。

しかしまあ、街の中を全力以上の速度で走ったり、屋根から屋根に跳び移ったりしてきたアイリスが手に持っていたバスケットの中身が無事なはずもなく。

「お～。斬新《ざんしん》な、サンド、イッチ？」

「っげ。崩れてる、どころかグチャグチャだわ」

もはやパンが交ざったたまごサラダなのかハムサラダなのか、もういっそそういう料理ですと言ったほうが良さそうな、サンドイッチだった物がバスケットの中で爆発したのかと思うほどに散らばっていた。

一緒に入れていた革の水筒にも被害甚大《ひがいじんだい》で、スクランブルエッグやらマヨネーズやらが付着しており、アイリスのバスケットの中は混沌《こんとん》としている。

そんな惨状を招いた本人は両膝、両手を地につき絶望の様相だった。

「うう、なんでこんなことに」

走り回ったからである。

しかし、シエラはお構いなしにバスケットに手を突っ込むと、パンをつまんで持ちあげて、そのパンに散乱した具材をのせると、それを口に運んでパクリと頬張った。

そんなシエラの行動にアイリスは「シエラちゃん⁉」と驚愕《きょうがく》の声を上げるが、シエラはもう一口、手に持ったサンドイッチだったものを当たり前のように口に放り込む。

「どうしたの？　アイリスは食べないの？　美味しいよ？」

「そんな、無理に食べないでもいいのよ？」

「無理？　砂も泥もゴミもついてないから大丈夫だよ？」

シエラに言われて、アイリスはシエラがは捨て子で、スラムや街の路地裏を住処にしていたのだとリチャードが言っていたことを思い出した。

そんなシエラから見ればバスケットの中に入っているサンドイッチは爆散していようとも、サンドイッチ。

食べ物は食べ物なのだ。それも良質な。

「ごめんなさいシエラちゃん。今度はもっと美味しい物を作ってくるから」

「料理は親父のほうが上手」

「ぐふぅ。あ、いやでも、えっとほら、あの」

「えへへ。冗談だよアイリス。アイリスの料理も美味しくて好きだよ。だからまた三人でご飯食べ

か見せない屈託のない笑顔だった。

その笑顔は今まで見た限りではリチャードにしか向けたことがない、シエラが信頼した人間にし
三人でご飯を食べようと言ったシエラがアイリスに向かって微笑んだ。

「シエラちゃん」

ようね？」


薪を拾い集め、二人のもとに帰ってきたリチャードが見たのはアイリスが持参していたバスケットから何やらパンらしきものを取り出し食べているシエラと、同じく何故か申し訳なさそうに俯きながら同じものを食しているアイリスの姿だった。

「そんなに腹が減っていたのか。すまない留意すべきだったな」

「違うの、気にしないで、私が悪いんだから」

「親父もサンドイッチ食べる？」

「ほう。サンドイッチか。おお、これは斬新な」

「そのくだりはさっきシエラちゃんとしたわ！」

「そ、そうか。どれどれ」

「あ、ちょっと貴方まで食べるなんて」

「ふむ、おおかた私たちを追いかけてくる過程で崩れたのだろう？　なに、冒険者であるならば、時には雑草や虫すら喰わねばならん時がある。それに比べれば崩れたサンドイッチなんて、これほど豪華な食事もあるまい？　おお、うまいな。アイリスの料理は形が崩れた程度で味は落ちんよ。

生野菜の類も鮮度がいい、スクランブルエッグも柔らかでハムも逸品、レストランの朝食メニューでもここまでの物にはお目にはかかれないと思うよ」

雑草や虫と並べて比べるからけなしているのかと思いきや、味に関してはベタ褒めするのでアイリスの心境はまったく穏やかではなかったが、ポンコツな面を見せてしまって恥ずかしさが勝っているのか反論はせずアイリスは俯いて歯噛みしていた。

「今度は、ちゃんと作ってくるわ」

「ああ、それはいいな。シエラと楽しみに待っているよ。アイリ」

普段呼ばれない愛称で呼ばれ、一瞬思考が止まったアイリスがハッとして顔をあげる。

しかし、そこにリチャードはおらず、シエラと共に取ってきた薪を組み上げている後ろ姿だけが見えていた。

「シエラ、これも損はないから覚えていなさい、焚火《たきび》というのは小さい枝から燃やして、大きな枝はこうして後からくべていくんだ。いいね？」

「ん。覚えとく」

「木の枝もそうだがコーヌス、いや、松ぼっくりのほうが分かりやすいかな？　あれがあればよく燃える着火剤になるから、まあこれは頭の隅にでも置いておくといい」

高齢による動悸《どうき》ではなく、恋煩いから心臓をドキドキさせているアイリスを尻目にリチャードは娘に野営《やえい》の豆知識を教え、されど用意した焚火には火を点けずに今度は釣り竿の針につける疑似餌の準備を始めた。

「親父？　火は点けないの？」

「気が早いぞシエラ。まずは魚を釣ってからさ」

「そっか。いま火を点けても釣るのに時間がかかったら火が消えちゃうもんねえ」

「そういうことだ。よく気づけたな、偉いぞ」

褒められ「えへへ」と笑うシエラに釣り竿を渡し、リチャードはもう一本の釣り竿も用意するが、それをリチャードは自分で使わず敷物の上に座るアイリスに差し出した。

その意味するところは「君も釣りをしないか？」という誘いだ。

その行動に対してアイリスは釣り竿を受け取りながら「あなたの分は？」と聞くが、リチャードは首を横に振って釣り竿を手離す。

「私は新しい釣り竿を作って使うよ。幸い替え用の糸と疑似餌はあるからね。丈夫そうな枝も見つけてきたし、なんとかなるさ」

リチャードはアイリスから離れ、取ってきた木の枝を少し剣で削ると糸を括りつけただけの簡単な釣り竿を作って針付きの疑似餌を取りつけ川へと向かった。

「さて、釣れるといいが」

「親父、隣で釣ってもいい？」

「糸が絡まるかもしれない。少し離れるんだぞ？」

「ん。わかった」

「じゃあ私はシエラちゃんの隣で釣っちゃおっかなあ」

川岸の大きな平べったい岩に腰を下ろして座る親子とアイリスの三人。

皆一様に靴を脱ぎ、川に足を入れ涼をとりながら釣りが開始された。

釣りを始めて数分後。

まず初めに手ごたえがあったのはシエラの釣り竿だった。

突然の引きにどうしていいか分からずにあたふたしていると「次に引かれたらそれに合わせて竿を一気に引くんだ」とリチャードに言われたのでシエラは言われたままに、言われたことを実行する。

すると、やや小ぶりではあるが、銀色の体表に桃色のまだら模様が浮かんだ魚をシエラは釣り上げることに成功した。

初めての釣果である手繰り寄せた糸の先にぶら下がる魚と、こっちを見て微笑んでいるリチャードを交互に見ているシエラは声こそ出してはいなかったがとても嬉しそうに笑顔を浮かべる。

「やったなシエラ。はじめてで釣り上げるとは。私たちも負けてられんな」

「これが釣り。えへへ。楽しい」

「それはよかった。連れて来た甲斐があったというものだ。ああそうだ、バケツを持ってこなければ」

と、興奮気味のシエラを尻目に荷物の近くに置いていたバケツを取りに立ち上がり、歩き始めたリチャード。

そのリチャードの耳に「あ、きた！」とアイリスの元気な声も聞こえてきた。

女性陣が早くも合わせて二匹という釣果を挙げたので「結構食いつきがいいな。穴場なのか？」と思いながらバケツを持ってリチャードは内心ウキウキしながら二人の待つ岩場まで戻った。

「シエラ、アイリスの真似をして針を取るんだ。できるかい？」

「ぬるぬるしてるから、難しそう。でも頑張る」

「こうよシエラちゃん。このあと食べるから可哀想も何もないけど、無理に引っ張るんじゃなくてこうしてくいっと、こうよ。できるかしら？」

「ん。くいっとして。くいっとして。こう？　おお、とれた」

水を汲んだバケツの上で魚から疑似餌の針を外し、シエラとアイリスが釣った魚を中に入れる。

もう一匹釣れれば焼いて喰ってもいいなと、リチャードも意気揚々と釣り糸を川に垂らすためにさっきまで座っていた場所に腰を下ろした。

しかし、そこからしばらく待てど、リチャードの竿にヒットなし。

場所の問題か？　と思い至ったリチャードが立ち上がって場所を変えようとしたその時だった。

「あ、またきた」

「こっちも来たわ！」

とシエラとアイリスが各々二匹目を釣り上げる。

「ん～？　どういうことだ。何故私だけ釣れんのだ」

「あっれえ、リチャード坊やどうしたの？　まだ一匹も釣れないのかしらあ？」

いまだ釣果《ちょうか》なしのリチャードに、アイリスが口元を隠して、笑いをこらえながら言ってきた。

「貴様、調子に乗りおってからに。今に見ていろ。どうせ直ぐに私にもアタリが来るさ」

と言ってリチャードは少し川下に移動して、釣り糸を垂らすこと幾星霜《いくせいそう》。

「釣れた」

「あ、私も釣れたわ」

最初の場所から動いていないシエラとアイリスに再び各々三匹目の釣果があったようだ。リチャードの耳に二人の楽しそうな声が聞こえてきた。

この辺りでリチャードが魔法を使おうとするが、誰もいないこの場所でそんなことをしようものなら魔力の流れに敏感なエルフであるアイリスにバレない訳もない。

「リック～？　ズルはダメよ？　ズルは」

「っく、馬鹿な。私が釣果なしの坊主だと」

「親父。俺のあげるよ？」

「だ、大丈夫だ。もうすぐ釣れるさ。恐らく。多分、きっとな」

そしてそこからほんの数分後。どこにそんなに魚がいるのか、再び女性陣に釣果があった。

少しばかり諦めの色が見えてきたリチャードだったが、ここでリチャードのお手製の竿にもついに手ごたえが。

「ふふふ、神は私を見捨てなかったようだな！」と歓喜に打ち震えながらアタリに合わせて竿を引くリチャード。

釣れたのは、最初にシエラが釣り上げたやや小ぶりな魚よりも更に小さな魚。

稚魚ではない。稚魚ではないが、流石に小さすぎるのでリチャードは大きくため息をつくと魚から針を外して川に逃がした。

「っふ。仕方あるまい。今日はこの辺にしておいてやろう」

「親父、泣いてる？」

「いや、汗だよ」

「待ってて親父、親父の分も釣ってあげるから」

「ぐ。あ、ありがとうシエラ」

二人の座る平らで大きな岩場に戻り、そっと釣り竿を置いて俯くリチャードに、無邪気な子供の言葉の刃物が心に深い傷を与える。

その様子を、アイリスはニヤニヤしながら眺めていた。

「慰めてあげましょうか？」

「頭でも撫でるつもりかい？　出会った頃とは違うんだ、勘弁してくれ」


魚釣りを楽しんだシエラとアイリス。食事番に徹することになったリチャードは釣った魚を焼いて食し、残った魚は家に持ち帰ってその日のディナーの一品として食卓に並べた。


せっかくなのでとアイリスを招き、三人での夕食を楽しんだ後。

リビングでの食後のティータイム中、三人掛けのソファにシエラを挟んで座っていたリチャードとアイリス。

普段ならまだ寝る時間でもないのだが、なんだかんだで釣り以外に泳ぎを覚えたりして楽しんだためか、シエラは早々に眠気に襲われて、うとうとと船を漕ぎ始めてしまった。

そしてそのまま眠気に抗えずシエラはアイリスにもたれかかって眠りに落ちる。

「あら。流石に疲れたのかしら」

「焼き魚を食べたあと、ひたすら泳ぎの練習をしていたからなあ」

もたれかかってきたシエラをアイリスは体をずらして寝かせ、膝枕をして頭を撫でる。

二人の様子を見て、リチャードは「やはり子供には母親も必要なのだろうな」と呟いた。

そんな呟きを聞いて、アイリスはリチャードへの好意を伝えるなら今か。と思い「なら私が母親に」と伝えようとするが、それがシエラをダシに使っているような気がしてしまい、アイリスは申し訳なくなり口をつぐんでしまう。

「気持ちよさそうに眠っているな」

「え、ええ。そうね」

「今日はありがとうアイリス。折角の休日だったというのに貴重な時間を貰ってしまった」

「いいのよ。私が勝手に追いかけたんだもの」

「業務のほうは大丈夫だったのかい？」

「問題ないわ。今日はあらかじめ休むって言ってきたからね」

「そうか。なあアイリス。君がもし良かったら」

リチャードのその言葉に、アイリスの心臓の鼓動が一気に跳ねた。

この雰囲気。状況。まさかリチャードも自分に好意を持っていて、告白してくれるのか。と期待値がうなぎ登りで上昇していくアイリス。

緊張か焦燥か。喉《のど》が音を鳴らして固唾《かたず》を飲み込みながらアイリスはリチャードの次の言葉を黙って待つ。

「時々でいいから、こうしてシエラに会いに来てやってくれないか？　近い将来。男である私には相談できないことも出てくるはずだ。そんな時、君がいてくれると助かるんだが」

「っはあぁぁ。なんだあ。そんなことかあ。てっきりシエラちゃんの母親になってくれとでも言ってくるのかと」

「言ったら。この子の母親になってくれるかい？」

「ええまあ。そりゃあ、あなたのこともシエラちゃんのことも好きだし」

改まって願われたのがシエラの相談役だったので、緊張していたのが馬鹿らしくなって、大きなため息を吐いたあと。アイリスが軽口で言った言葉に返したリチャードの返答に、つい本音を漏らしてしまったアイリスは、自分の口走った言葉にハッとして思考が止まる。

「それは重畳《ちょうじょう》、嬉しいよアイリス。シエラも私も君のことが好きだ。もしよかったら結婚を前提に交際してもらえないだろうか」

「あ、え、なんで」

「君は、私が朴念仁《ぼくねんじん》だと思っているんだろうが、違うぞ？　昔から君には憧れていた。強くて優しくて駆け出しの私に師匠と一緒に冒険者のいろはを教えてくれていたあの頃から。私は君のことが好きだったよ。アイリ」

「な、ならどうして今まで」

「私が人間で、君がエルフだからだ。寿命の違いから、死ぬのはどうしても私が先。もし私が気持ちを伝えて君と結ばれても、愛した人を置いて先に逝くと考えるとどうしても踏ん切りがつかなかった。根性なしと笑ってくれて構わない。恋人より先に娘ができて、私はさらに臆病になってしまったようなんだ。シエラを一人残して死ぬのが、怖くなったんだよ」

「リック」

「私は卑怯者だ。君の気持ちを知っていながら、何もしようとしなかった。応えようとしなかったのに、私は娘の為にとのたまって、君の気持ちを利用しようとしている。軽蔑されても仕方ないことだと思うよ」

言い訳のように言葉を並べるリチャードは、それでもアイリスの眼を見ながら言った。

嘘偽りない気持ちを伝えるために。

アイリスはそんなリチャードの言葉に黙り込んでしまう。

リチャードが自分に恋心を抱いていたのには気づけなかったが、長年リチャードを見てきたアイリスが一番リチャードという男を理解しているというのもまた事実。

何より、アイリス自身、リチャードを愛している。

ならば答えなど決まっている。

「不束者《ふつつかもの》ですが、よろしくねリチャード」

「不束者は私のほうだ。ありがとう」

こうしてこの日から二人の交際が始まることになった。


川に遊びに行った翌日。

シエラはベッドの上で目を覚ますと、隣で眠るリチャードを揺すって起こした。

「リチャード、朝だよ?」

「ん、もうそんな時間か。よし、走りに行こう」

「ん。行こう行こう。ねえ、アイリスは?」

「アイリスは仕事があるからね、昨日帰ったよ」

「そっか。また来てくれるかな」

「ああ、今日も来てくれるよ」

「おお。やった」

ベッドの上で体を起こして座り、寝癖《ねぐせ》が爆発したまま話す二人。

シエラは随分アイリスのことを気に入っているらしい。アイリスが今日も来ると知ると嬉しそうに微笑んだ。

そこでシエラに昨晩のアイリスとのことを伝えようとするが、交際、結婚どうのこうのが子供に理解できるか分からなかったので、リチャードはある質問をすることに。

「なあシエラ、アイリスがお母さんになったらどう思う」

「ん〜。楽しそう。嬉しい。アイリスからはリチャードと一緒で、俺を好きって感じるから」

「そうか、嬉しいか。ならアイリスにお母さんになってって、頼んでみようか」

「迷惑にならない？」

「大丈夫さ。アイリスは私と一緒でシエラのことが大好きだからね」

シエラの頭を撫で、リチャードはベッドから下りると、シエラを連れて寝室から風呂場の横にあるクローゼットルームに向かい、自分の着替えとシエラの着替えを取り出す。

そして、鍛練用の服に着替えると、外に出て日課のジョギングを開始した。

シエラの入所とリチャードの赴任まであと数日。二人のコンディションは心身ともに上々である。

この日の晩。リチャードが言っていた通り、アイリスがリチャードの自宅を訪れた。

手には替えの服だろうか。袋をいくつか持っている。

「いらっしゃい。いや、お帰りかな？」

「お帰り、アイリス」

「ただいまリチャード、シエラちゃん」

お帰り、と迎えられ。アイリスは袋を床に置くと、リチャードに軽くハグをして、かがんでシエラをギュッと抱きしめる。

「夕食はできているが、先に風呂にするかい？　今日は泊まるんだろ？」

「先にご飯にしましょ。お腹すいちゃった。お風呂はあとでゆっくり頂くわ」

「そうか、では食事にしよう」

リビングにアイリスの荷物を三人で持っていき、役割分担してキッチンからダイニングへ食事を運んで夕食を楽しむ。

昨晩に引き続き三人での食事だ。

「ああ、帰ったら食事が用意されてるって、幸せぇ」

「ははは。まあ、分からんではないな」

食事を終えた後は、リビングで寛ぐ三人だったが、アイリスが風呂に入ると言って袋をガサガサ漁って着替えを出そうとしていると、アイリスの後ろにシエラが立ち、何やらモジモジし始める。

「ねえ、アイリス」

「あら。どうしたのシエラちゃん」

「あのね、俺アイリスのこと好き、なんだけどね。えっと、それでね？　アイリスが困らないなら、俺の、お、お母さんに、なってほしいなって」

「いいわよ。　私がシエラちゃんのお母さんになってあげるわ。いや。この言い方は何か違うわね。えっと、私もシエラちゃんが好きだから、私をシエラちゃんのお母さんにしてください」

下を向いてモジモジしながら顔を真っ赤にしているシエラに振り返り、シエラを抱きしめるアイリス。

その様子を微笑みながら眺めていたリチャードはソファから立ち上がると、二人の元に向かい「良かったな。シエラ」と呟きながらシエラの頭を撫でた。

「せっかくだ、今日は二人で風呂に入ってはどうだい？」

「ん。入る。いい？」

「うん、いいわよ。一緒に入りましょ」

こうして二人は着替えを持って風呂場に向かって行った。

シエラと出会い、諦めていたアイリスとの関係も好転した。人生何が起こるか分からないものだ。

リチャードはソファに座り直し、ローテーブルに置いていた紅茶に手を伸ばして、これまで感じたことがない充足感を口に運んだ紅茶と共に味わっていた。

第三章

この世界の冒険者養成所はAクラスとBクラスの2つに分けられ、それぞれAクラスは半年、Bクラスは1年という短い期間で冒険者のいろはを教える場所になっている。

しかしながら、Aクラスになる貴族の子供に関しては、武器の取り扱いや魔法の行使については各家庭で両親や家庭教師から教育されているため、それらはカリキュラムから省かれ、魔物の生態や特徴等を主に学ぶことになる。

魔物が存在する世界において、冒険者になろうが騎士になろうが、魔物の生態は学んでいなければ対抗手段が分からないまま戦うことになる。

無知識のまま戦えば冒険者や騎士は苦戦を強いられ、ともすれば任地で死ぬ。

そんなことにならないように、養成所で様々な魔物の生態を学ぶのだ。

リチャードという元冒険者はそんな世界において自分の力のなさから先人の知恵から学び、魔物の生態研究に尽力した冒険者の一人でもあった。

魔物学者であった亡き父に代わり、【緋色の剣】に誘われるまでは一匹の魔物の生態を研究するためにフィールドワークに出て何日も街に帰って来なくてアイリスを心配させたことも多々ある。

そんな研究者肌を持つリチャードが養成所の教官を務めるのは運命だったのかもしれない。

つまるところ、冒険者養成所というのは学校ではなく教習所なのだ。

武器、魔法が使え、魔物の生態を勉強した生徒たちには卒業時に修了証が渡され、それを持つ者は冒険者や、王都で騎士になる際に円滑に手続きを進めることができる。

騎士になる場合に至っては国がこの修了証を必須としている為、例外を除いて、貴族の少年少女たちは絶対に冒険者養成所に一度は通うことになる訳だ。

そして冒険者だが、狩人や傭兵《ようへい》の側面が強い彼らは修了証がなくてもギルドから直接試験を受けて冒険者になることもできなくはない。

できなくはないがやはり魔物に対する知識や、それ以前に何も知らずに冒険者になったなら、言わずもがな死亡率は跳ね上がる。

冒険者同士でのコミュニティの確立、ようは友達作り。それを培《つちか》うにはもってこいの場所でもあり、貴族の少年少女たちにとっては未来のお相手探しの場所にも利用できるのだ。

それ故に、冒険者を目指す場合はやはり養成所にて修了証取得のため養成所に通う者が多い。

この世界の冒険者とはつまるところ先に記述したとおり、狩人であり傭兵だ。

戦時には先んじる王国の騎士に続き、敵国と戦う剣にもなる。

そして、強力な魔物から採取できる貴重な素材は鉄製の武具より性能面で遥かに勝る。

国が冒険者を奨励し冒険者ギルドを各街に設立し、養成所に金を出してでも冒険者を育成させる背景には自国の国力強化によるところが大きく影響しているのだ。

リチャードたちが暮らす国、グランベルク王国の土地や資源を狙った鉄製の装備に身を包んだ敵国の兵よりも、軽くて硬い魔物の素材と金属を混ぜた合金製の素材から作られた装備に身を包んでいたグランベルク兵たちは、兵数で劣っていたものの他国からの攻撃を耐え凌ぎ、培ってきた力でもって侵略には全て打ち勝っている現実がある。

もちろん国防の為に冒険者になる者が全てではないが、それでも冒険者業が人気なのがこの国の特色でもあった。


親子とアイリスが川に遊びに行った地の日の休日からずいぶん経った。

鍛練と休日を繰り返し、力をつけてきたシエラの入所試験の日が遂にやってくる。

この日に備え、用意した礼服を着て、リチャードはシエラと共に家を出た。

親が試験に同伴するのは貴族だけだが、今日はリチャードの就任の日でもある。

緊張はしていなかったが、リチャードもシエラも今日はどことなく不安にかられていた。

というのも、昨晩アイリスから今年の入所試験には先に述べたように貴族の子供が試験を受ける為にやってくると聞いたからだ。

基本的にこの世界の貴族は、一度は冒険者業を経験する慣例が存在する。

この国が如何に冒険者という存在に支えられ、助けられているかを認識させるために貴族が冒険者を経験するのだ。

しかし、価値観の違いから問題が起こらないはずもなく。

リチャードはシエラが、シエラは自分自身がそういう上流階級の子供と問題を起こさないか不安だった。

「なあ親父。俺、皆と仲良くできるかな?」

「難しい質問をするなあシエラは。いいかい? 私たち人が人である以上、万人と分かり合えることは絶対にない。人というのは千差万別だからね。あ〜、まあ。簡単に言うと、みんな違う考え方をするから、仲良くできる人と仲良くできない人は絶対に出てくるってことさ。わかるかい？」

「ん、分かる」

「だから、無理に全員と仲良くなる必要はないよ。シエラが仲良くなりたいと思った子と仲良くなればいい。そして、その子が困っていたら助けてあげなさい、そうしていけば友達になれる」

「友達かあ」

養成所までの道すがら、手を繋いで歩くリチャードとシエラはそんな話をしていた。

カチャカチャ鳴るシエラの腰の剣と肩に担がれた魔導銃を見て、すれ違ったご近所さんや顔見知りと「お、遂にシエラちゃんも入所かあ」と挨拶を交わしながら歩いていれば、養成所まではあっという間に到着することになった。

養成所の門の前には看板が立てかけられ、そこに試験会場はあちらですと書かれており、その看板の直ぐ横には眼鏡をかけた教官らしき細身の男性が立っている。

「失礼。今日からこちらに赴任することになったリチャード・シュタイナーです」

「おお。あなたがあのシュタイナー様。話は伺っております。案内致しますので此方へ。娘さんは試験をお受けになるので？」

「ええ。ほらシエラ。挨拶できるね？」

「ん。シエラ・シュタイナーです。おはようございます。先生、でいいの？」

「うん。僕はこの養成所の教官の一人だよ。先生でも教官でも好きに呼んでくださいね。では、娘さんはまず屋内鍛練場へ向かってもらいます。少し時間が早いので待ちますが、大丈夫ですか？」

「ん。大丈夫。です」

「シエラ、頑張るんだぞ」

「ん。頑張る」

「鍛練場の前にこの看板と同じ看板があるから、近くで待っててください。時間が来たら案内がありますので」

「ん。分かりました」

シエラに手を振り、リチャードは養成所の屋内へ。シエラはリチャードが向かった石造りの建屋をグルッと回って反対側にある屋内鍛練場のほうへと一人で歩いていった。

その様子に、眼鏡をかけた教官が「流石は、と言うべきなんでしょうか」と呟いた。

「どうしました？」

「ああいえ。養成所の前までは皆さん親御さんと来られるんで、表情も明るくやる気にも満ち溢れているのですが、一人になるとやはりどこかオドオドしたりするものなんですよ。しかし、娘さんの後ろ姿はなんと言いますか、頼もしさすら感じましてね。振り返りすらしませんでしたねぇ」

「我慢強い子なんです。色々とね」


リチャードと別れ、試験会場のである鍛練場の前までやって来たシエラ。

そこには既に十数人ほど子供が集まって試験の案内を待っていた。

仲の良い子供たちで集まっているのか、試験に自信が有る無いを話しているグループもある。

そんな子供たちが新たにやって来たシエラを注視した。

本来なら試験に使用される武器は試験会場で貸し出される物。

試験会場に武器を持参して来るのは貴族たち、そして現状ではシエラだけだ。

どうやら貴族の子供はまだ到着していないようで、皆一様に飾り気のない無地のシャツやズボンを着用している。

「見ない顔だなあ。お前、生意気に剣持ってんのかよ」

「俺も、お前の顔は知らないけど」

子供の中で一人。周りの子供たちよりやや身長が高く、恰幅《かっぷく》のいい少年が武器を持つシエラに突っかかってきた。

ガキ大将のような存在なのだろうか。取り巻きもその少年に続いて「女の癖に」と偏見爆発でシエラに突っかかってくる。

「お前じゃあ、そんなの使えないだろうから。俺が使ってやるよ」

と、先頭のガキ大将がシエラに向かって手を伸ばした。

それを軽く避けたシエラだったが、ガキ大将の少年はそれが気に食わなかったのだろう。

顔を赤くしてシエラに再度手を伸ばそうとする。

その時だった。

「おい止めろ！」

「や、止めてください！」

と、少年と少女の声が同時に響き、シエラとガキ大将風な少年の間に一人の少年が割って入った。

茶色い髪に一部赤みがかったメッシュの入った短髪の少年。いつぞや、シエラがリチャードと共に訪れた肉屋の店主の息子、リグスだった。

そしてリグスと同時に声を上げたもう一人は一見すると気の弱そうな茶髪でセミロングヘアの少女。

その少女はシエラが剣を抜こうとした腕を抱き締めて止めていた。

「ガング！　お前、冒険者になる前に怪我する気か!?」

「はあ？　おいおい、リグス、お前頭悪いんじゃねえの？　誰が怪我するって？」

「お前だよ馬鹿！　斬られるつもりか!?」

ガキ大将、ガング少年に負けない凄みでリグスが言う。

そんなリグスに向かってシエラは後ろから言い放つ。

「斬らない、弱いやつは斬らない」

シエラにしてみれば煽っているわけでは無い。

ただ実力差を測って事実を述べたのみなのだが、まあそれが相手には煽りに聞こえるわけで。

「なんだとこいつ！」

と、シエラはガングを怒らせてしまったが、丁度そこに貴族の子供が数名。親同伴でやってきたのでガングは舌打ちして取り巻きのほうへと戻っていった。

「何かあったのかい？」

シエラたちに声をかけてきたのは今期に冒険者になるためにやってきた貴族の少年の一人だった。

金髪碧眼《きんぱつへきがん》、絵本に出てくる王子様を絵に描いたような少年だ。

「俺が武器を持ってきたのが気に障ったみたい」

「君、女の子だよね？　俺なんて男っぽい喋り方よくないよ？」

「は？　俺が自分のことを俺って言って何が悪いの？」

「いや。だってねえ」

「やめなさいアレン。その子の言うとおりだ。すまないねお嬢さん。息子が余計なことを」

貴族の少年、アレンの父親であろう整った口ひげを蓄えた男性がそう言ってシエラを見たのでシエラは「いい、気にしてない」と言って首を振った。

そんな時だった。

「入所試験を受験の皆様、準備が整いましたので屋内へとお越しください」

と、鍛錬場から出てきた教官の声が響いた。

「ところであなた、いつまで掴まってるの？」

「ああ！　ご、ごめんなひゃい」

「名前は？」

「ナースリーっていいますぅ」

「そう。とりあえず、離してくれる？」

シエラの言葉に、しがみついていた少女、ナースリーが手を離してあたふたする。

どこか放っておけないその少女とリグスに「ありがとう、助けようとしてくれて」と言うと、シエラは試験会場へと歩き出した。


特に大きなトラブルもなく、養成所の入所試験は時間どおりに開始された。

受験番号などはないが、どうやら貴族の子供たちから試験を受けるようだ。

試験とはいえ、十歳の少年少女が受ける試験だ。

難しい剣技を披露しろ。だとか、高難度の魔法を発動させろ。などとは言わない。

要は受験に来た新たな冒険者の卵にランクをつけ、そのランクに基づいて教育課程《きょういくかてい》を決める試験である。

最初の試験は、地面に立たされた冒険者ギルドにある試し斬り人形と同じ人形に向かって武器を振れるかどうかだった。

貴族の少年少女たちは家では両親や家庭教師などに教わって鍛練を行っていたのだろう。

持参した剣を使い、数度、切り込み人形に傷をつけて親や他の貴族、受験生の少年少女たちに感心されていた。

「ほお、流石はディスタール家のご子息ですな。アレン殿の剣技は十歳にして高みにあられる」

「褒めすぎだ、ウズバル卿《きょう》。まあ確かに十歳にしてはやるほうだと親ながらに思うがね」

先程、鍛練場の外で声を掛けてきた金髪碧眼の王子様のような少年、アレンの父親が胸を張り、自慢気に他の貴族に息子の剣技を自慢していた。

それを見ていたシエラは「なるほど、あんな感じか」と納得するように試験の様子を眺める。

貴族の少年少女たちは全員武器を振れるので試験はスムーズに流れた。

貴族の少年少女が終われば今度は庶民枠。シエラ達の出番だ。

流石に剣に触れたことはないのだろう。

貴族の少年少女たちと比べると、試験の進みがずいぶん遅い。

「見てろ！　剣ぐらい俺だって使えるぜ！」

と、元気な声を上げてシエラに突っかかってきたガングという少年が力任せに剣を振った。

剣技も何もない、斬るというよりは殴るに近い。

「シエラちゃんは行かないの？」

「ん。俺は最後でいい。多分、壊すから」

「へ？」

シエラの呟くような最後の言葉は、隣に立っていたナースリーには聞こえなかった。

ガングの後に人形を斬りつけ戻ってきたリグスに「あとはお前たちだけだぜ？」と声をかけられたからだ。

「うぅ、自信ないなあ。魔法なら大丈夫なんだけど」

自信なさげにナースリーは人形の前に行くと剣を横薙《よこな》ぎに振る。

しかし、刃をたてて斬りつけることができなかったのか、ナースリーの剣は人形に弾かれてしまった。それを見てガング少年と取り巻きたちはケラケラ笑う。

「あうぅ。やっぱり剣なんて女の子には無理だよ」

「そうでもないよ」

ナースリーとすれ違って、最初の試験の最後の一人としてシエラは腰から剣を抜き、試験官役の教官の前を横切る。

その際にシエラは「先生、アレは壊してもいいの？」と聞くために立ち止まった。

「自信ありかい？　まあ無理だとは思うが。別に構わんよ。替えはあるからね」

「ん。分かった、じゃあ、壊すね」

二人の会話が聞こえたわけではなかったが、庶民枠でただ一人、武器を持参しているシエラを皆が注目していた。

ガングたちのような気の強い子供たちは「女がまともに剣なんて振れるかよ」と馬鹿にするようにニヤニヤ笑っている。

しかしシエラはそんなことはお構いなしだ。

リチャードやアイリスと模擬戦をするときのようにダラリと剣を下げて試し斬り人形へと近づいていく。

そして、射程内に試し斬り人形を捉えると肩に担ぐように剣を構え、腰を落とした。

それは、リチャードの剣の型だった。

軽く息を吸い込み、シエラは小指から薬指、中指から人差し指、最後に親指の順に力を加え、一気に斜めに剣を振り下ろす。

するとどうだろうか、試し斬り人形の首の左側から入った刃はやすやすと右の腰辺りまでを袈裟《けさ》懸けに斬り裂き、少年少女たちの斬撃を悠然《ゆうぜん》と受け止めていた試し斬り人形は、斜め一文字に真っ二つになってしまった。

それだけではない。

シエラは剣を振り下ろした勢いで体を回転させると、崩れ落ちていく人形の首を斬り落としてみせた。

振り下ろしからの連撃はアイリスがよく使う技の一つ。それをリチャードの剣技から繋げたのだ。

「ん。壊れた」

教師含め、貴族や受験生全員が唖然《あぜん》としたのは言うまでもない。

ただ一人。シエラの素性を知るリグスだけが「リチャードのおっちゃんの娘だもんなあ」と納得していたようだった。


次の試験、魔法の試験となると参加者自体が減る。

十歳の子供で魔法が使えるとなると、それは魔法の教育を受けている貴族か、家族に魔法に精通した人間がいるかだ。

となると、試験開始からずっとシエラにくっついて行動しているナースリーという少女は家族に魔法を使える者がいるのだろう。

貴族の少年少女に続いてナースリーは杖を掲げると最初級の火炎魔法である【ティンダー】を見事使ってみせ、シエラが壊したため交換された試し切り人形に焦げ目をつけてみせた。

「ふうぅ、ちゃんとできたよぉ」

順番待ちをするシエラに言いながら、安堵したのか微笑みを浮かべるナースリーに、シエラはこくんと頷いてみせ「じゃあ最後だから、行くよ」と言ってナースリーと入れ替わってシエラは試験用の人形の前に立つが、そのシエラを「すまない、少し待ってくれ」と試験官を務める教官が止めた。

「魔導銃。使えるのかい？」

「ん。問題なく」

「そうか。では、人形に防御魔法をかけてもいいかい？」

「ん。いいよ」

試験官を担当する教官から見ても、シエラの剣技、剣術の実力は相当なものだった。

そんな少女が扱いの難しい魔導銃を問題なく使えるという。

教官の男性は人形を壊されたくないという考えから防御魔法を使うと言ったわけではない。

シエラの実力を試してみたくなったが故の防御魔法行使の相談だった。

「よし、では試験を開始しよう。壊せるなら壊してもかまわないからね？」

「ん。じゃあ、頑張って壊す」

驕《おご》っているわけではない。

シエラにはそれが破壊できるという確信があったからこその発言だった。

数メートル程離れた位置に立ち、肩に銃床を当て、狙い定めるように構えるのではなく、無造作に腕を伸ばして特に狙いをつけるでもなく銃口を人形に向けると、グリップに埋め込まれた魔石に魔力を込めていくシエラ。

そのシエラの様子を貴族の親たちも黙って見ていた。

十歳の子供とは思えない剣技を披露してみせたシエラがどんな魔法を使うのか。興味があったからにほかならない。

シエラはいつぞや魔導銃を初めて撃った日のように頭に水を思い浮かべていた。

銃口の先、魔法陣が展開され、放たれる水魔法【アクエリアスカノン】。

水で生成された大砲の砲弾のようなそれが、魔法陣の中心から高速で放たれ一直線に人形へと向かっていく。

それだけでも大人たちはポカンと口を開けて驚愕の表情だった。

しかし、驚くべきはその威力。

シエラが放った水の砲弾は防御魔法がかかっているはずの人形の胴体に直撃しその胴を分断。

人形の上半身は宙を舞った。

「魔力込めすぎた。全部使おう」

銃という名の魔法の杖に安全装置があるわけでもない。

今の魔導銃にはシエラの込めた魔力が余分に魔石に貯蔵されているため、いうなれば現状、銃に弾が残っている状態だ。

暴発する可能性がなくはない為、再びシエラが魔法を発動した、今度は水が関与しないただの魔力弾。

その魔力で編まれた弾丸を宙を舞う人形の上半身にすべて命中させた。

鍛錬の成果なのだろう。

水魔法程の威力ではないが、そのただの魔力弾ですら上半身の両腕、頭部を吹き飛ばす威力を出力できるほどにシエラは成長していた。

もうこうなると、さっきまで突っかかってきていたガング少年もその取り巻きの少年たちもシエラを恐れて顔面蒼白《そうはく》だ。

そんな中でリグスとナースリー。そして遠巻きから一人。貴族の少女が目を輝かせ、シエラの成果に拍手を送っていた。

「じ、実技試験はこれで終了になります、えぇっと、それではこれから筆記試験になりますので、私に続いて次の試験会場までお願いします」

防御魔法をかけた人形を易々《やすやす》と破壊され、ショックだったのだろうか。試験官役の教官も動揺を隠せないようで、少し俯きながら受験生たちを先導して筆記試験会場を目指して歩き出した。

貴族の大人たちはというと何やらざわついているが、どうやら同伴するのはここまでのようだ。

子供たちについてくることはないようだった。

「シエラちゃん凄い魔法だったね！　どこで覚えたの？」

「親父と、アイリスに教えてもらった」

「お父さんと、お姉さん？」

「アイリスは、お母さんになる人」

「へぇ。そうなんだあ」

シエラとナースリーのこの会話を聞いていたのはすぐ前を歩く教官だった。

ん？　ギルドマスターと同名？　いやまさかな。と思いながら肩を竦め、受験生を養成所内の一室に先導する。

そして、その教官は「では、筆記試験開始までここで待っていてくださいね」と部屋に生徒を案内すると立ち去っていったのだった。


この後行われた筆記試験の内容はあってないようなものだった。

名前が書けるか、から始まり、この国の名称、足し算引き算の簡単な算術、最後に冒険者の試験らしくスライムの弱点は？　という設問とどうして冒険者になりたいのか？　という、問題というよりは質問で筆記試験は締めくくられていた。

貴族なら家庭教師に勉学は教えてもらっている為、こんな程度の試験はもはやアンケートを記入するくらい簡単なこと。

その試験を終えた受験生は各々本日中の合否判定を確認する為に、答案用紙を筆記試験を担当した教官に渡し、教室を出て行った。

シエラも早々に貴族たちに続くように教室をあとにする。

合否はその日のうちにランク付けされて発表されるとのことだったので、シエラはそれまで時間を潰すためにリチャードを探そうと思い立ち、校舎内を歩き回るつもりでいた。

しかし「むやみやたらに歩き回ると道に迷い、余計な被害にあう」というリチャードから教えられた冒険者としての心得から、シエラはリチャードを探すのをやめて合格者が発表される鍛練場の前の広場へと向かっていく。

「シエラ。どうした？　試験は終わったのかい？」

「親父？　俺のほうは終わった。親父は？」

結果として、歩き回らずに鍛練場の前に来たシエラは時を同じくして就任の挨拶を終えたリチャードと再会することになった。

「こちらも挨拶を終えたところでね。聞けばここで合格発表いや、どちらかといえばクラス分けか。それがあるというじゃないか。それを見に来たのさ。まあまだ貼り出されてはいないようだがね」

「他の子がまだ試験してるから、かも」

「ああ、終わったら抜けてもいいんだったか。私が試験を受けたのは二十年以上も前だからなあ。

すっかり忘れてしまった。それで、どうだった？　試験は」

リチャードとシエラが近くのベンチに座って話していると、他の受験生たち、貴族の少年少女たちが全員校舎から出てきて、少し遅れて庶民である受験生たちも校舎から出てきた。

どうやら全員、筆記試験が終了したようだった。

「予想より試験簡単だった。剣技の試験も魔法の試験も、人形壊したよ」

「ハハハ、まあ今のシエラならもう人形相手だとそうなるか。筆記試験はどうだった？」

「大丈夫、問題ない。スライムの弱点も種類別に全部書いたよ」

「ん？　種類別に全部？　それは少し難しい問題が出たんだな」

「答案用紙にはスライムとだけしか書いてなかったから、どのスライムか分からなくて、覚えてるやつは全部書いた」

「あー。多分だが。答案用紙に書いていたスライムというのはリーフスライムのことだよ。君たち冒険者の卵が最初に戦う魔物の一匹になるだろうからねえ」

「そうなの？」

「恐らくは、だがね」

そんな話をしてしばらく待っていると、試験官を務めた教官が合格者のランク付けがされた丸めた貼り紙を持ってきて掲示板に貼りつけるのが二人から見えた。

受験生の面々が合格しているかどうか、というより、自分のクラス分けが気になってその掲示板の前に集まる中、シエラはリチャードと座るベンチから動こうとしなかった。

合格は皆一様に確約されている、たんにシエラは自分のクラスに興味がなかっただけだ。

「見に行かないのかい？」

「ん。べつにいい」

「そうかい？　でもお友達はそうでもないみたいだぞ？」

「友達？」

リチャードの言葉に視線を掲示板のほうに向けると、ナースリーが手を振って自分の名前を呼んでいるのをシエラは見て首を傾げるが「行っておいで」とリチャードに言われては仕方ない、とシエラは渋々ベンチから立ち上がると手を振るナースリーのほうへと歩いて行った。

「シエラちゃん一番上見て！」

「上？」

張り紙の前に受験生が集まっても上のほうは見える。

クラス分けはA、Bとなるので一番上は成績優秀と認められたAクラスになる生徒の名前が書かれている。

そのほとんどが貴族であるが、一番上、主席で合格と認められた生徒の名は誰あろうシエラのものであった。

「Aクラスだよシエラちゃん！　貴族じゃないのにすごいね！」

「ナースリーは？」

「私はBだった。一緒になれなくて残念だねえ」

「残念。うん、そうだね。残念。友達とは、一緒のクラスが良かった」

シエラのAクラス認定、この結果を見た他の受験生の反応はというと「まあ、でしょうね」という感じだった。

そんな中ただ一人。合格したはずの本人だけが初めての友達と同じクラスでないことに不満を抱いているようだった。


試験からの帰り道。リチャードとシエラはリグスとナースリーを引き連れる形で帰路を歩いていた。


さあ帰ろうとなった時こそ「シエラちゃんのお父さんですか？　こんにちは〜」とおっとりした性格のナースリーはリチャードに頭を下げて挨拶していたが。

「やあ初めまして、こんにちは。シエラの父、リチャードだ。シエラと友達になってくれたみたいだね。ありがとう」

と、挨拶を交わした辺りでナースリーの顔色が変わっていった。

リチャードという名前は特に珍しい名前ではない。

ただ、ここ最近ナースリーは「これは内緒なんだけど」と元Sランク冒険者、リチャード・シュタイナーが養成所の教官になるという話を、冒険者ギルドで職員を勤める母から聞いていた。

「え、リチャードさんって、Sランク冒険者のリチャード・シュタイナーさん、ですか？」

話を母から聞いていたので冒険者養成所にいるリチャードとなればもしかして？　と思い、ナースリーは聞いた。

そしてその予想は当たりだったわけだ。

「元、だがね。そのリチャード・シュタイナーだよ、お嬢さん。さあ、シエラ。今日はもう終わりだ。帰ってお祝いの準備をしようか」

「ん。帰る」

というわけで、帰る方向が途中まで同じだったリチャードとシエラ、リグスとナースリーは同じ道を歩いていた。

「リグスは知ってたの？　シエラちゃんがシュタイナー様の娘さんだって」

「ああ知ってたぜ？　うちの店に何回か一緒に来てたからな」

「なんで教えてくれなかったの？」

「え？　別に聞かれなかったし」

前を歩く二人、リチャードとシエラの耳にそんなやり取りが聞こえてきた。

現役の時から自分の知名度にはあまり興味がなかったリチャードにとっては、自分の名が年端もいかない少女に敬称付きで呼ばれることに気恥ずかしくなっていた。

一方でシエラは父の名が友達の口から敬意を持って敬称付きで呼ばれたことが誇らしくなり、顔がニヤつきそうになる。なんならドヤ顔を披露したくなる程に。

「でも、納得したかも、シエラちゃん凄かったもんねぇ」

「なあ〜。まさかの一刀両断。魔法も貴族の連中がびっくりするほどの威力だったもんなあ。あいつらの驚いた顔見たかよ。面白かったよなあ」

今度は自分のことを話しているのが聞こえ、シエラが気恥ずかしくなって顔を赤くしたのに対し、リチャードはリチャードで娘の活躍ぶりを聞いて鼻高々な様子だ。実に親子である。

「じゃあリチャードのおっちゃん、俺たちはここで！」

「あ、待ってよリグス！　シュタイナー様それではぁ。じゃあ、ばいばいシエラちゃん！　また入所式でね！」

「気をつけて帰るんだよ二人共」

「ばいばいナースリー、またね」

十字路で別れ、走って行ったリグスを追うようにトテトテ駆けていったナースリーに小さく手を振るシエラを見て、リチャードは微笑むとシエラに手を伸ばした。

「良かったな。早々に友達ができて」

「ん。良かった。あの二人とは、仲良くできる気がする」

リチャードの手を取り繋いで、二人は家へと歩いて行く。

シエラの表情はいつになく優しいものだった。少なくとも、リチャードにはそう見えた。


試験が終わったその日の晩。

リチャード宅のキッチンにはいつもより肉料理が多めに食卓に並んでいた。

もちろんリチャード、シエラ、アイリスの三人分だ。

「ああ、やっぱりシエラちゃんだったかあ」

夕飯の時の会話で、シエラから試し斬り人形を破壊したことを聞いたアイリスが呟いた。

アイリスはギルドでの仕事中、養成所からある連絡を受け取った。

それというのも鍛練に使用する試し斬り人形が二体損壊した為、同じ物を発注してほしいという内容だった。

その連絡を受け、アイリスの脳裏に無表情でVサインをしているシエラの姿が過《よぎ》っていった。

「うーん。ありえるわね」

と、アイリスは苦笑しながら発注書にサインして、事実を確かめようと夕飯時に試験のことを聞こうと思っていたところ、シエラ本人から「今日の試験で人形2つ壊したんだよ」と誇らしげに言ってきたので「ああやっぱり」という反応をしたのだ。

「養成所から連絡があったわ。人形2つ発注してくれって」

「壊しちゃ駄目だった？」

「いいえ、そんなことはないわよ。工房にストックがあるはずだしね」

アイリスの言葉に申し訳なさそうに眉をひそめるシエラに、アイリスは首を横に振ってから手を伸ばし、シエラの頭を撫でた。

シエラの養成所首席合格を祝い、用意した食事を食べ終わると、リチャードはシエラが一番好きなデザートを保冷庫から取り出した。

生クリームをのせたプリンだ。

「おー、プリン」

それを見た途端、シエラの瞳が輝いた。

プリンを受け取り、美味しそうに味わうシエラを見ていたリチャードとアイリスが微笑む。

そんな時、思い出したように「そういえば」とリチャードが話を切り出した。

「アイリス、引っ越しの準備はどうだい？　まだ終わりそうにないなら手伝いに行くが」

「引っ越しの準備は大体終わってるわ。あとは運ぶだけなんだけど。なかなか予定が合わなくて、仕事もあるし、どうしようかと思ってるのよねえ。次の地の日にでも一気に運ぼうかしら」

「俺、早くアイリスと暮らしたい」

「分かった。明日、引っ越してくるわね」

「おい、流石に無理だぞ」

甘いプリンを食べながら言ったシエラに、甘々なアイリスが席を立ってシエラに抱きつきに行く。

そんな様子を見ながらリチャードは苦笑していた。

リチャードとアイリスの交際にあたって、広い一軒家のリチャード宅に引っ越すことをアイリスが決め、リチャードもシエラも大賛成。入所式の日までに家の大掃除と片づけの算段をリチャードとシエラはたてていたが、アイリスは仕事が忙しく、引っ越すタイミングを逸していた。

「まあ、最悪クエストを発注するという手もあるにはあるのだけれど」

「引っ越しに冒険者を使う気か？　職権乱用とはこのことだな」

「冗談よ、冗～談」

「アイリスまだ引っ越してこないの？」

「直ぐに引っ越してくるわ。ちょっとだけ待っててね。今日は泊まるからまた一緒に寝ましょ？」

「今日は、リチャードとアイリスの間で寝る」

「ううむ。ベッドのサイズがギリギリだなあ。新しく買い直すか」

などとリチャードは言っていたが、その日はシエラの要望どおりシエラを挟んで川の字で眠ることになった。

それからしばらく経って。二人の養成所への入所式までにアイリスは自宅を引き払い、リチャードとシエラの家に引っ越す運びとなった。

ギルドマスター就任当初こそ一等地に屋敷とまでは言わないが立派な一軒家を持っていたアイリスだったが、職場と家を行き来しているだけの生活を続けているうちに「一軒家の維持費、無駄ね」と思い、アイリスはギルドにほど近い今の小綺麗で小さな家を購入していた。

その小さな家から、アイリスは二度目の引っ越しをしたわけだ。

「じゃあ、行きましょうか」

「ギルドの制服で行くのかい？」

「これでも式典用の礼装よ？　ギルドマスターとして挨拶しなきゃだし」

「三人で登校、嬉しい」

礼服を着たリチャードと、いつもの冒険者ギルドの制服と色違いのギルドマスター用白い礼装と外套《がいとう》を纏《まと》った姿のアイリス。

そして普段着のシエラが三人で手を繋いで養成所までの道を歩いていた。

先日引っ越しと荷解きを終え、新生活を迎える三人の表情は明るい。

そして、養成所に到着した三人は入所式の為に講堂へと向かった。

この街の冒険者ギルドのギルドマスター。アイリスはその美麗な外見もそうだが、ギルドの礼装の上から外套も羽織っているため養成所では生徒のみならず、貴族の少年少女たちの保護者からも注目の的だった。

「アイリス殿！　お久しぶりで御座います。本日はお日柄も良く」

などと面識があるのであろう貴族たちはアイリスを見るや挨拶に訪れた。

「おや、アイリス殿。今期首席の少女に早速目をつけられたのですか？　いやあ凄かったからですからねえ、お隣の男性は親御さんですかな？」

「リチャード・シュタイナーです。これから娘がこちらでお世話になります。お子さんと仲良くできれば良いのですが」

「リチャード？　リチャード・シュタイナー？　Sランク冒険者、英雄5人を率いていたあのリチャード・シュタイナー⁉」

「今は引退した身で、本日からはここの教官になります。よろしくおねがいします」

「あいや！　こちらこそ！　こちらこそうちの息子をよろしくおねがいします！」

と、この貴族だけでなく講堂の前でこの話を聞きつけた保護者たちが、気がつけば子供を連れて三人の前に挨拶の列を作っていた。

その様子は貴族のパーティ会場での挨拶合戦さながらだ。

「あの、僭越《せんえつ》ながら御三方はどういうご関係で？」

挨拶に来た貴族のうちの一人が、周囲が気になっていることを聞いた。

その質問にアイリスは少しも戸惑うことなく「婚約者と娘よ」とその貴族に笑って見せる。

「アイリスは、お母さんになる人」

「あら～。嬉しいなあ」

内心飛び跳ねて喜びたい衝動を抑え込むアイリス。

それでもシエラに「お母さん」と呼ばれたことからアイリスの口角が上がってニヤつく表情は隠せなかった。

挨拶が終わるのを見計らっていたわけではないのだろうが、丁度そんな時に講堂の扉が開き中から出てきた教官が中に入るように案内をしたので、講堂前に集まっていた全員が講堂に向かって歩き出した。

「ではシエラ、私は教官用の席に行ってくるよ」

「ん。分かった、行ってらっしゃい」

「私は呼ばれるまで保護者席にいるわね」

この日から三人での生活と、リチャードとシエラの養成所生活が始まる。

親子三人は同様に新生活の期待感で胸を膨らませていた。


さて。養成所の入所式は滞りなく始まった。

どんな教育機関でもお馴染みの責任者の挨拶からだ。

とはいえこの冒険者養成所の所長、バルザス・ベルチェ氏。

体格は筋骨隆々の大男で左目に眼帯。左腕、左足は義手義足という出で立ちなので、会ったことのある保護者などは問題なかったが、初めてその姿を見た保護者や新入生の少年少女たちは恐れ慄《おのの》き、端的に言えば、やや引いていた。

ただ一人、新入生の中でシエラだけが所長の鎧のような義手義足に興味があるのか、目を輝かせている。

「というわけで、諸君の成長を祈る。では、新任のリチャード・シュタイナー教官からも何かお言葉を頂こう。シュタイナー教官。壇上に頼む」

所長の義手義足には武器が仕込まれているのでは？　と、シエラがやや興奮しながら妄想していると、その所長から父の名が出たのでハッと正気に戻る。

そんなシエラの様子を見ていた所長、バルザスとリチャードが壇上ですれ違うが、その際に「あの青い髪の少女が君の娘かね？」とバルザスに聞かれ、リチャードは「ええ、そうです」と微笑んで答えた。

「君が子供の頃に私と初めて会った時と同じだ。私の姿に怖じ気んとは。血は繋がってないと聞いたが、親子で似るものだな」

「そう言っていただけると、親としては喜ばずにはいられませんね」

「またゆっくり話そうリック坊や、いや。リチャード」

「ええ、いずれ」

短く言葉を交わしたリチャードはバルザスと代わる形で講堂の壇上に上がると設置された拡声機の前へと向かう。

長身であるバルザスが使用していたそのスタンドマイクのような拡声機に触れ、組み込まれた魔石に魔力を流して高さを調整したリチャードは、新任の挨拶の為、講堂に用意された椅子に座る新入生に視線を落とすと口を開いた。

「所長のバルザス殿から紹介していただきました。リチャード・シュタイナーです。はじめまして皆さん。入所おめでとうございます。あまり長い挨拶もなんなので手短に。私は元Sランク冒険者で今は引退した身。そんな私ですが、教えられることは最大限教えていきます。冒険者を目指す皆さんや騎士を目指す皆さんが将来いつか養成所に行ってて良かったと思えるよう、努めていくつもりなので一緒に頑張りましょう。私からは以上です」

リチャードの挨拶に講堂から拍手が響く。

その拍手に応えるようにリチャードはお辞儀をして、壇上から降りるために歩き出した。

「では、次に来賓の冒険者ギルドのギルドマスター、アイリス殿にお言葉を頂きます。アイリス殿、壇上にお越しください」

案内役の教官が舞台袖で別の拡声機を使い、式を進行しようと来賓席に視線を向けるが、そこにアイリスの姿はもちろんない。

案内役の教官が「おや？」と思って首をかしげていると、アイリスが保護者席からやって来たのを見て「席を間違われましたか？」と教官は聞くが、アイリスは微笑みを浮かべると「いえいえ。間違ってなんかいないわ」と、あまりない胸を張って言って壇上に上がった。

「入所おめでとうございます皆さん。冒険者ギルドのギルドマスター、アイリス・エル・シーリンです。さて、これから冒険者を目指す皆さん、短い養成所での勉強期間、お互いに刺激しあえる関係を築いていってください。冒険者は助け合いが常。一人の生徒を大勢でイジメるようなことがないようにね。では今後の健勝《けんしょう》と活躍を祈ると共に、将来皆さんが高ランク冒険者になれると期待して、私の挨拶は終わります。良い養成所生活を！」

手慣れた様子で簡単に挨拶を終えたアイリスは、拍手を背に受けながら軽やかな足取りで壇上から去ると、やはり来賓席には行かずに元の保護者席に戻って腰を下ろした。そのアイリスの表情には何故かやり切ったという充足感が溢れている。

「では、最後に、新入生から首席合格者のシエラ・シュタイナーさん。挨拶と、何か一言貰えるかな？」

案内役の教官に言われ、シエラは立ち上がり、リチャードとアイリスがさっきまで立っていた壇上に向かって、立つ。

本来なら緊張して萎縮してしまいそうなものだが、眼下には大好きなリチャードとアイリスがいる。

シエラにはそれだけで良かった。それだけで、心は乱されなかった。

「はじめまして、シエラ・シュタイナーです。将来の夢。いや、俺の目標はSランク冒険者より上のEX。親父が叶えられなかった、届かなかった場所に行くことです。これからも頑張ります、よろしくおねがいします」

事前に用意していた言葉ではない。これは今のシエラの本心。本音。

その言葉は拾い育ててくれたリチャードに対するシエラなりの恩返しの言葉。

そんなシエラの言葉の真意を汲み取ってか、リチャードは他人の目を気にすることなく静かに涙を一筋流し、それでも嬉しさから微笑んだ。

以前。いつの日だったか、夜も更けた頃。

風呂から上がってリビングでくつろいでいたリチャードに、シエラが「何故冒険者になったのか」と聞いたことがあった。

リチャードは読んでいた小説を閉じ、何かはぐらかすよう「さあ、どうしてだったかな」と笑った。

だが、シエラが「なんで?」と、諦めずに聞いてくるので、リチャードは「参った、話すよ」と昔の話をするために手に持っていた小説をソファの前のローテーブルの上に置いた。

そして、冷えた紅茶を口に運び、それを飲み込むと「私も昔は強くなりたかったんだ」と話を始めた。

「私の父さんも母さんもまだ生きていた頃。丁度私が今のシエラと同じ歳だったかな? 昔から本が好きだった私はよく冒険譚《ぼうけんたん》を読んでいたんだ。いつか自分も絵本や小説の登場人物のように冒険者になって冒険して、魔物と戦ったりしたい、そして何よりも、誰よりも強くなりたいと思った。子供ながらの絵空事さ。幸いこの国は冒険者になることを奨励している国だったからね。両親に冒険者になりたいと言った時は心配されたが、反対されたりはしなかったよ」

「それで冒険者になったんだ」

「男の子だからってわけでもなかったんだろうけど、そうだな。言ってしまえば冒険者になりたかったからなった。理由なんてそんなものだったんだ。一番最初はね。本格的に強くなりたいと願ったのは母さんが病気を患ってからだった」

「リチャードのお母さん、私のお婆ちゃん」

「そう、シエラのお婆ちゃんだ。もう、会いに行けないほど遠い所へ行ってしまったけどね。母さんが病気になって、薬の為に金が必要になった。当時、その薬は学者だった父さんの給金だけで買うには高くてね、私も必死にクエストをこなして父さんを助けようとしたよ。しかしまあ、自慢じゃないが、私には才能がなかった。何をやっても中途半端、魔法は基本以外まるで駄目。それでも強くなって、難しいクエストを達成できるようになれば、母さんと父さんを助けられると信じて、鍛えに鍛えた。師匠にも色々教わったりしてな。諦めなかった、諦めたくなかった。そんなことをしているうちに、何年か経って母さんが病気に負け、父さんは魔物に襲われて帰らぬ人になった。そのあと、しばらくも経たないうちに師匠も魔物から仲間を逃がす為に囮になって、死んだ」

冒険者になった理由はすでに話し終えたが、リチャードは昔話を続けた。

話したかった。誰かに聞いてほしかったのかもしれない。

「戦争が起こって、終戦まで王国の騎士たちと肩を並べて最前線で戦い続けた。戦後、心労から冒険者を辞めようかと思っていたそんな時さ、【緋色の剣】の皆にパーティに誘われてね。随分長い間、一緒にいたよ。養成所で教えられない現場での機微《きび》を教えながら互いに切磋琢磨《せっさたくま》して、泣いて笑って、支え合って。気がつけば私たちはこの町最強のパーティと呼ばれていた。王国への貢献度からSランクに認定され、仲間たちはそれでもまだまだ成長の余地があった。私以外は全員ね。彼らならSランクの更に上、EXランクの冒険者になれるかもしれない、今でもそう思ってるし、そうなってほしいと願っている。私が子供の頃に憧れた英雄に、他国への抑止力に、そして平和の象徴に、彼らならばなれるとね」

「リチャードは英雄にはならないの？」

「私には無理だ。成長する仲間たちを見ていて思ったよ。無才の私ではここまでだと。そうだな。夢を、諦めてしまったんだ」

「なら、俺が代わりにそこに行くよ。リチャードがなれなかった、えくすとら？ ランクの冒険者に俺がなる」

「それは嬉しいな。娘がそうなってくれたなら、天国の母さんと父さんに自慢できるというものさ、私の代わりに私の娘が英雄になったよってね」

「ん。いつか。俺が」

話が長くなったせいか、この時シエラは半分眠っているような状態だった。目は閉じかけ、フラフラしていて眠気で意識が朦朧《もうろう》としていた。

そんな様子を見ていたリチャードは、この時の会話をシエラは忘れていると思っていた。

しかし、娘は決して忘れることはなかった。

そして入所式の当日。決意を新たにシエラはリチャードに伝えたのだ。

リチャードに命を救われ、娘に迎えられた。

恩人である優しい父の諦めた夢を引き継ぎ、EXランクの高みを目指す。

それが、今のシエラの夢、そして今のシエラが考えられる最大の恩返しだった。

第四章

リチャードがシエラと出会ってからというもの。家から出かける時は二人。帰るときも二人だった。

入所式を終え、リチャードは明日からの勤務に備えてからの帰宅となった。

シエラはアイリスが連れて帰ってくれたので、リチャードはとんと忘れていたが今日がしばらくぶりの一人での帰宅になったわけだ。

「自分の家に帰るはずなのだが、緊張するのは何故だろうか」

そんなことを呟きながら、自宅に到着したリチャードは、玄関のドアノブを回して扉を開き「た、ただいま」と、普段言い慣れない言葉で帰宅を知らせた。

冒険者として現役の頃。自宅をパーティの拠点の一つにしていた頃は皆で帰ってきて「はあ～、あのドラゴン強かったなあ」などとボヤきながら帰宅していた。

思えば「ただいま」と言ったのは両親が生きていた時以来、本当に久々だった。

「おかえりなさい、リック」

「おかえり、リチャード」

リチャードの声に、シエラとアイリスがリビングから出てきてリチャードを廊下で迎える。

愛する娘と婚約者に迎えられることが嬉しくて、リチャードの顔には自然と笑みがこぼれた。

堅苦しい礼服の上着を脱げば、それをアイリスが受け取り、鞄《かばん》を下ろそうとすれば、それをシエラが受け取る。

いたれりつくせりとはこのことか。リチャードはそんなことを思い、少しの申し訳なさに戸惑っていると、アイリスに腕を組まれた。

「着替えてお風呂入ってきたら？　夕食の準備はしておくから」

「あ、ああ。そうだな、そうさせてもらうよ。シエラはどうする？　今日もアイリスとお風呂にするかい？」

「今日は、うーん。リチャードとお風呂入る」

アイリスに負けじと、というわけではないが、シエラがリチャードと手を繋ぎながらそう言ってアイリスを見る。

「それじゃあ」と、アイリスはリチャードの腕を離し、シエラから鞄を受け取ると、片手でリチャードの上着と鞄を持って「ゆっくり温まってらっしゃい」と空いた手でシエラの頬を撫でた。

それが嬉しかったのだろう。

シエラはその手を愛おしそうに触れ、頬を擦り寄せる。

「私も一緒にお風呂入ろうかしら」

「流石に三人は無理だぞ？」

「アイリスとは明日。一緒にお風呂入る」

「嬉しいこと言ってくれるわねえシエラちゃん。ああ、私の娘、超可愛い」

「私たちの娘な？」

「ふふん、分かってるわよ。じゃあ二人共、いってらっしゃい」

「ああ、夕食楽しみにしてるよ」

「今日はハンバーグ」

「ほう。それは楽しみだなあ」

リチャードとシエラは廊下を風呂場に向かって歩き出し、アイリスはリチャードの礼服の上着と鞄を持ってクローゼットルームへと向かう。

一人暮らしでは味わえない、家族と過ごす一瞬一瞬をアイリスは、いや三人が三人とも。共に過ごすこの1分、1秒、という短い時間すらを堪能していた。

風呂場に親子二人。頭を洗い体を洗い「ああ～」と、どうしても漏れてしまう声を抑えることもなく、お湯が張られた湯船に浸かる。

溢れるお湯の音すら心地良い空間、それが風呂。

そんな憩いの空間で、リチャードは入所式の時、シエラが話していたことを聞くことにした。

「シエラ、入所式の挨拶、ちゃんとできてたな。良かった、良い挨拶だったと思うよ。まさか以前話したことを覚えていたとはね」

「忘れるわけないよ。リチャードから貰った大事な夢だから。あの時の話だけじゃない。リチャードに貰った大事な言葉は、全部ここで覚えてる」

リチャードに背を向けて、湯船に浸かるシエラがない胸に手を当ててそんなことを言うものだから、リチャードは感極まって泣いてしまいそうになる。

しかし、男としての意地か、はたまた父親としての矜持《きょうじ》か、リチャードは風呂場の天井を見上げ「そうか」と呟きながら涙を堪え、シエラの頭を撫でた。

そのあとは風呂から上がって三人仲良くアイリスお手製のハンバーグやサラダを食べ、いつものようにリビングで団欒《だんらん》した後。

アイリスにはアイリス用の部屋とベッドがあるが、今日も三人並んでシエラを挟んでリチャードのベッドが置いている寝室で眠るのだった。


養成所の入所式が終わった翌日から早速授業は始まるわけで。

リチャードはその日の朝。目覚めるといつものようにシエラを揺すって起こし、寝惚けたままのシエラが目を擦りながらアイリスを揺すって起こす。

アイリスが引っ越して来てからというもの、この一連の流れが毎朝のルーティンの一つに組み込まれていた。

「シエラちゃ〜ん。おはよ〜う」

「おはようアイリス」

ベッドの上でハグする娘と婚約者を見ながら微笑み、リチャードは伸びをするとベッドから下りて顔を洗いに行こうとする。

が、ハグしあったまま二人が再び眠りに落ちそうになっていたので、リチャードは二人の頭にポンと手を置きワシワシと頭を撫でた。

「朝だぞ？　二人共起きなさい」

「えへへ〜。撫でられた〜」

「ん。撫でられた、嬉しい」

「まだ寝惚けてるな君たち。さあ起きろ、アイリスは仕事、シエラは養成所だぞ？」

「やだ～。仕事行きたくない」

「冒険者ギルドの長が何を言うか、ほらアイリス」

「いや～」

「まったく、今日は手強いな。娘は起きたぞ？」

「うぐ。起きます」

こんなやり取りをしながら朝を迎える三人。

リチャードとシエラは日課のジョギングへ。

アイリスはその間に朝食の準備とリチャードの制服とシエラの制服を準備していた。

冒険者養成所は冒険者ギルドの傘下にある。

昨日の入所式は礼服での参加となったリチャードだが、今日からは意匠がやや違うが冒険者ギルドの職員とほぼ同じ制服を着用することになる。

ともすれば普段自分が着用しているギルドの制服とペアルックに見えるそれを広げ、アイリスはニヤニヤと照れ笑いを浮かべながら、婚約者の制服姿を想像していた。

「ただいまアイリス。ご飯ご飯」

「待て待てシエラ。まずは風呂だ。アイリス着替え、おや？　アイリス？」

いつもなら風呂場の脱衣場に着替えを用意してくれているはずなのだが、今日はまだかと思い、着替えを取りにクローゼットルームへと向かうリチャード。

扉を開ければ今日から着るはずの制服をニヤニヤしながら広げているアイリスがそこにいたので、

リチャードは「何をしてるんだ君は」と照れ笑いに近い苦笑いを浮かべた。

「か、帰ってたの⁉」

「今な。汗を流してくるから、着替えを渡してほしいんだが」

「は、はいこれ持っていって！」

「ああ、ありがとう」

耳まで真っ赤にしながら畳んで用意していたシャツと下着、制服のズボン、ベルトをアイリスはリチャードに押しつけるように渡した。

その様子を、娘がリチャードの背後から眺めていた。

「アイリス、リチャードとイチャイチャするのは後にして。俺の着替えもちょうだい？」

「イチャイチャなんてしてない。してないわよ？　はいこれ、今日からはこれを着てね？」

「え～？　ズボンがいい」

「ごめんねえ。女の子はスカートなの」

今日から着ることになった制服に不服そうなシエラだが、リチャードとアイリスはその制服を着るシエラを想像して和んで微笑む。

結局のところ、二人は似た者同士なわけだ。

このあと、親子二人は朝風呂を堪能し、風呂から上がったリチャードは着替えをしていてズボンやベルトに何やら魔法がかかっているのを感じた。

それはシエラも同じようで、いつも穿いているレギンスの上にスカートを穿こうと手に取った際に首を傾げる。

「ああ、リチャードの制服には疲労軽減の魔法が。シエラちゃんの制服には対物理、対魔法防御の魔法がかかってるのよ」

アイリスが作った朝食を食べながら、リチャードが制服にかかっている魔法のことを気にして聞くと、アイリスはさもありなんと答えた。

アイリスの話ではギルド職員の制服には一律で疲労軽減の魔法が付与されているとのことだった。

シエラの制服もそうだ。

未来ある大事な子供を守る為、新入生の制服には防犯の意味も込め各種防御魔法が付与されているのだそうだ。

ただ、シエラの制服の魔法に関しては三か月ほどで効果が切れるように設定されているらしい。

「なんで？」

アイリスの話を聞いていたシエラが朝食のベーコンエッグトーストを齧《かじ》りながら聞いた。

リチャードは「ふむ、なるほど」と何か分かったように顎に手を当てて頷き、シエラに「これも勉強の為」と答えは言わずにシエラに考えさせる。

「ん～。あ～。え～？　防御魔法に頼るのが駄目だから？」

「正解、だと思うが。お母さんの答えはどうかな？」

「半分正解かな。制服の魔法に頼っちゃうと防御する技術や、回避の為の技術と勘が鈍るからということで、戦闘スタイルが定着するまでの三か月で一旦魔法の効果が切れるようにするの。もう一つの理由は魔法が更新できるから。戦闘スタイルに合わせた付与魔法の練習に使ってもらうために効果が切れるようにしているわ」

「付与魔法？　どんなのがあるの？」

「それは今日から学べばいいさ」

「あ〜、確かに。ん。頑張る」

朝食を食べ終え、三人で食器を洗って片づけた後。通学の時間を廊下の柱時計が報せるまで団欒する。

慣れない制服の上着にモジモジソワソワしているシエラの様子が可愛くて、リチャードとアイリスは顔を見合わせて微笑んでいた。

「首元のリボン緩めちゃ駄目か？」

「少しくらいなら構わないよ。緩めちゃ駄目なんて規則はないからね」

「え〜。可愛いのにい？」

「まあそれには同意だが、嫌がるのを強制するのは良くない。服装も個性だ、まあ流石に前全開は駄目だぞ？　男の子が目のやり場に困るから」

リチャードから許しが出たのでリボンを緩め、ついでにブレザー型の制服の前のボタンを外したシエラが中のシャツのボタンも緩めようとしたのを見て、流石にリチャードが止めた。

シエラは不服そうだが止められては仕方ないと、中のシャツのボタンは留める。

しかし、首元が苦しいのが嫌なのか、上から2つ程はボタンは外したままだった。

「なんで前開けてたら男の子が困るの？　俺昨日の入学式の時、今より薄着だったけど」

「うーむ。これは難しい質問だ。そうだなあ、見えてる、よりは、見えそうなほうが男は」

「ちょっと！　娘になんでもかんでも教えないの！　ほら、時間よ時間！　行くわよ二人共！」

「まあシエラにもいつか分かるさ」

「分からなくていいわよ、チラリズムなんて」

「おい。答えを言うなアイリス」

「ちらり、ずむ？」

「んっんん!! 何でもない、何でもないわ。さあ行くわよ、リチャードは鞄と剣、シエラちゃんは剣と銃持って。忘れ物はない？ ハンカチ持った？ お昼は学校の食堂でちゃんと食べるのよ？」

自分のポーチを持ちながら、アイリスがリチャードとシエラに言うと、二人はそれに従い自分の荷物を持ち、三人揃って家を出た。

途中までは三人一緒に歩き、大通りの十字路で「いってきます」と「いってらっしゃい」を交互に交わし、シエラとリチャードはアイリスに、アイリスは二人に手を振る。

そして、アイリスはギルドのほうへ、リチャードとシエラは養成所のほうへと歩き出した。

朝日が高く登り、街を明るく照らし出す。今日も良い天気になりそうだ。

リチャードとシエラ、そしてアイリスの頭上には透き通るような青い空が広がっていた。


リチャードは新任だが、その経歴からか赴任早々、教壇に立つことになった。

これは事前に通達されたことなので別になんとも思わないが、リチャードにしてみれば担当するクラスに問題があった。問題、というと語弊があるか。問題がないのか疑問に思ったというほうが正しいかもしれない。

「今日からこのクラスを受け持つリチャードだ。よろしく、Aクラスの諸君」

つまりそういうことだ。

バルザス所長曰《いわ》く「相手が貴族の子供でもお前なら上手くやるのだろう？」とのことだった。

まあ、体よく。問題を起こすと色々面倒くさい貴族のお子様たちを擁《よう》するクラスの担当を任されたわけだ。

そして、そのクラスにはもちろん娘であるシエラの姿もあった。

適当に座ったのだろうが、シエラは最前列で目を輝かせてリチャードの授業を待っていた。

授業開始から二十分程前。

リチャードと養成所の正門で別れたシエラは入所式の帰りに受け取った案内状に書かれたとおりに校舎の一角にあるＡクラスの教室へと向かった。

教室の扉を開き中に入ると、既に席に付いていたグループで固まって仲良く会話していたクラスメイトが全員押し黙った。

シエラは十歳にして顔立ちは可愛らしさの中に美しさも見られた。

それはシエラが他の子供たちとは比べるべくもない程の人生を送ってきた故。

経験の豊富さから大人っぽく見えているのだが、貴族として生まれ育った少年少女たちにそんなことが分かるわけもない。

少年たちはシエラを「可憐《かれん》だ」と称え、少女たちからして見れば制服を着崩していることも相まってシエラは「格好いい」と評されることになっていくことになる。

階段状になっている席の一番前の窓際。

荷物も何も置いてなかったので、シエラはそこに座って授業開始を待つことにした。

剣と魔導銃を椅子に立てかけ、机に頬杖をついてボーッと窓の外を眺めていると、クラスメイトたちがシエラの元にやって来た。

試験を首席で合格したシエラとお近づきになりたいと思ってのことだ。

「あ、あのシュタイナーさん」

「なに？」

「何か、お話ししませんか？」

と、クラスメイトの少年少女たちはシエラと仲良くなりたい一心で話をするが、彼ら彼女らは貴族でシエラは平民。

共通の話題などが少なく、結局話題となったのは好きな食べ物は、趣味は、と当たり触りのない話題ばかりだった。

しかし、シエラはそれを蔑ろにはせず、好きな食べ物と趣味について話す。

趣味である読書に関しては、話しかけてきたクラスメイト達にも同じ書籍を読んでいた者がいたので話も弾み、クラスメイトたちはシエラとの距離を縮めていく。

しばらくして、始業の鐘がカーンカーンと高らかに鳴り響き、各々自分の席へと帰っていく中、シエラは再び窓の外をボケッと眺めた。

それからほんの少しの間のあと、教室の扉を開く音が聞こえてきたので、そちらに視線を移したシエラが見たのは大好きな父。リチャードの姿だった。

自己紹介もそこそこに、本日の授業が始まった。

養成所でまず学ぶのは武器の使い方や基本的な魔法などなのだが。ことAクラスの生徒に関してはその辺は各家庭にて家庭教師なり両親からなり履修済みなのは入所試験で分かっている。

そのためリチャードは定められたカリキュラムどおり、魔物の生態についての講義を始めた。

「さて、この街の近くにも多く存在するリーフスライムだが」

剣に覚えがあり、魔法が使える貴族の少年少女たちにとり座学などつまらないものだろう。

そしてこの時は、意中の想い人にいい所でも見せたかったのか、生徒の一人がリチャードの講義に異を唱えた。

「シュタイナー様。私たちは剣も魔法も使えます。魔物の生態を学ぶ座学などは不要。その魔物と戦って経験を積むほうが有意義に思います。大体、今更スライムの生態なんて知ったところでなんの役にも立ちません」

「ほう、言うじゃないか。では一つ聞こう。この街近辺に生息するスライム種で最弱といわれているリーフスライムだが、彼らの体液はその食性からあるものの代用品として役に立つことがある。なんの代用品か分かるかね？」

「え、あ、いえ。分かりません」

「ふむ、では彼以外で他にリーフスライムの特性を知る者はいるかい？」

リチャードの言葉に誰も手を挙げない。

そんな中、ただ一人シエラだけがピシッと手を挙げていた。

「ではシエラ。答えを」

「ん。リーフスライムは薬草を好んで食べる。だから体液には回復薬と同じ効果が見込める。個体によって効果の振れ幅はあるけど、中には高級回復薬並の回復力を持つスライムもいる」

「そこまででいいよシエラ。つまりそういうことだ。リーフスライムは緊急時に回復薬の代用品になる。このことを知っているだけでクエスト中の生存率は大きく変わるんだ。いいかい君たち。知識とは武器だ。時には剣や魔法よりも頼りになり、強く柔軟な武器や防具に代わり得る物だ。あえて言おう、無駄な知識などない。雑学ですら生きるために役立つ時がある。まずは魔物の生態をしっかり学びなさい。君たちには私と違ってまだまだ時間がある、焦って戦いに身を置く必要はないんだ。いいね？」

「は、はい。申し訳ありませんでした」

「ふむ、ちゃんと否を認め謝罪できるなら、君はきっと良い貴族になるな。将来が楽しみだ。さあ授業を続けるぞ？」

　こうして午前は座学の授業はつつがなく行われていく。

　そして昼食を挟んで午後の授業は各々得意な武器を手に鍛練場での訓練が開始されるのだが。

「シュタイナーさん、手合わせを」

「いや、シュタイナーさんには僕と手合わせをしてもらうんだ」

「いや僕が」

「いやいや、私が」

　このようにクラスメイトの男女両方から手合わせを申し込まれてシエラは困って冷や汗を浮かべた。

　リチャードの後ろに隠れたい欲求もあるが、戦いを申し込まれてそれをするのは逃げているみたいで嫌だと思い、シエラは面倒くさくなったのか。

「分かった、まとめて相手するからかかってきて」

と、木剣2本を構えて手合わせを申し込んできたクラスメイト全員の前に立ち塞がった。

佇《たたず》むシエラの様子を見ていたリチャードは苦笑しながら、他の生徒に剣の指導や魔法の指導を行っていく。

そして、次に視線をシエラに移した時には、シエラに挑んだクラスメイトたちは武器を叩き落とされて呆然としながら尻もちをついていた。


シエラとリチャードが入所して一週間。この世界での六日が過ぎたころ。

リチャードが教官を担当をしているAクラスの生徒たちは念願かなって遂に街の外での実戦訓練を行うこととなった。

とはいえ、相手にするのはリーフスライム。街の近辺どころか、この世界のスライム種で最弱の個体である。

「出発前に伝えたとおりだ。ノルマは一人三匹、森のほうには行くなよ？　ギルドから貰った情報によると現在リーフスライムは大量発生中らしいので、ノルマ達成後は時間まで狩りの練習だ。情けはかけるな。放っておくとこの辺りの草が全部食べられて荒れ地になってしまうからな。パーティを組むも良し、ソロで狩るのも良し、判断は各自で行うように。では気をつけて。よし、始め！」

「「はい！」」

リチャードの説明を聞いた生徒たちは元気に返事をすると、街の外の街道から川の間の草原に散り散りになって各々リーフスライムを狩り始めた。

魔物の中どころか同族である他のスライムの中でも最弱のスライムとはいえ相手は魔物。

万が一ということも考えられる為、今日はリチャードだけでなく他の教官もこの実戦訓練に同行している。

敵対していなければのそのそと緩慢な動きのリーフスライムだが、一度敵対するとピョンピョン跳ねて敵に体当たりしてくるのがこの魔物。

一人が攻撃を開始すると連動しているかのように近くのスライムも飛び跳ねるので、生徒たちはワーキャー言いながら狩りをしていた。

ある者は友と連携し、剣で。ある者はなかなか当たらない魔法でスライムを追い立てるが、やはり初の実戦ということもあってか苦戦しているようだった。

「ん～。このタイミングで。いいかな」

苦戦するAクラスの生徒の中でただ一人。シエラだけが開始地点から動かずに魔導銃を片手で地面と平行になるよう構えて何やら呟いた。

初めて戦う魔物はまず観察せよ。

父であるリチャードの言葉を忠実に守り、シエラはリーフスライムの飛び跳ねるタイミングを体感で計っていたのだ。

「シュタイナー君。君は行かないのかい？」

「ん。これで終わるから。行かない」

リチャードに同行していた別の教官がシエラに話しかけると同時。シエラは魔導銃から魔力で編んだ弾丸を高速で射出。

放たれた魔力の弾丸は放った先で跳んだスライム二匹の核を正確に、しかもたて続けに打ち抜き絶命させた。

「おお！　惜しい！　あと一匹だったねえ」

「いや、終わった」

シエラが放った二匹目を打ち抜いた弾丸は弧を描き、曲がった先で跳んだスライムの核を撃ち抜く。

それを確認することなく、シエラはその場に腰を下ろすと胡坐をかいて座った。

一方で。リチャードの同僚である教官はスライム三匹を一射で打ち抜いたシエラと、離れた位置で息絶えたスライムを見て唖然としていた。

「あの、シュタイナー教官。娘さんなんですが」

「ああはい、どうしました？」

「ノルマ終了しました」

「わかりました。シエラには他の生徒の手伝いをするよう言います」

シエラが最速でノルマを達成したことを伝えるため、開始位置から移動した教官が生徒の評価や改善点を持参したノートに記入していたリチャードに言うと、リチャードは耳に手を当て魔法を発動した。

いつぞや、アイリスに会いに冒険者ギルドに訪れた際、アイリスが使用して見せた近中距離で会話ができる伝達魔法だ。

「シエラ。ノルマを達成したそうだね」

「ん。終わった」

「そこからでいい。苦戦している子たちを手伝ってあげなさい。くれぐれも倒してしまわないようにな」

「ん。分かった。手伝う」

教員が振り返って後方のシエラを見てみれば、シエラも耳に手を当てているのが見えた。

そのシエラが耳から手を離すと胡坐をかいて座ったまま魔導銃を構え、一発。また一発と魔力で編んだ弾丸を放つ。

逃げようとするスライムの退路に、または攻撃する為に跳ねようとしたスライムの鼻先に、シエラはリチャードに言われたとおり援護の弾丸を撃ち込んでいった。

その様子を見ていた教官は冷や汗をにじませる。

「これが数年足らずでSランク冒険者を五人育てた育成術。シュタイナー教官はご自分の娘さんを次の英雄にするおつもりなんですね？」

「それがあの子の夢ですから、なんて言えれば格好がつくんですがね。実際のところはあの子がどんどん勝手に成長しているだけです。教えたことを何でも吸収するんですよ。まるで水につけた海綿みたいにね」

言いながら、リチャードはクラスメイトの援護を行うシエラを見て微笑んだのだった。

冒険者養成所は地の日に全面休校となる。

そんな日に、リチャード宅の玄関に取りつけられているドアノッカーを叩く音にシエラが対応した。

「おはようシエラちゃん、今から遊びに行かない？」

「ついでに剣教えてくれ！」

玄関を開けた先にいたのはナースリーとリグスの二人だった。

初めての出来事にシエラが困っていると、アイリスが廊下からヒョコッと顔を出して「お父さんには私から言っておくから、行ってらっしゃい」と言われたので、シエラは頷くと木剣を2本持って出ていった。

「というわけで、シエラちゃんは遊びに行ったんだけど」

「おお、それは良かった。たまには子供らしく遊ばないとな。で？　何故私は押し倒されたのかな？」

シエラを見送ったアイリスは、リビングでノートを広げ、生徒たち一人一人の教育方針を考え、生徒別に鍛練の内容を書き記しているリチャードをソファに押し倒した。

「私たち付き合ってるけど、シエラちゃんがいるから中々そういうことできないじゃない？　だから、チャンスかなあって」

「あのなあアイリス。私は今。いや、そうだな、シエラも生徒たちも大事だが、たまには二人の時間も必要だ。だが、ここでするのは些《いささ》かな。寝室に行こうかアイリス」

「貴方のそういう所、好きよ」

「私も、アイリスが好きだよ」

子供の居ぬまにイチャイチャと、リチャードとアイリスは恋人の時間を寝室で楽しむことに。

そうしてしばらく寝室で致し、風呂で二回戦ついでに汗を洗い流し、再び寝室に戻ってきてベッドで抱き合いくつろいでいたところ。

昼を過ぎ、太陽が西に傾き、乱れた寝室を整え始めた頃に。トントン、と再び家のドアノッカーが叩かれた。

「居留守するかい?」

「そういうわけにもいかないわ。もし大事な用なら」

「分かった、出てくるよ」

「ええ。ん。行ってらっしゃい」

アイリスに口づけをしたリチャードは、シャツを着て、ズボンを穿くと玄関へ向かった。

リチャードが玄関の扉を開くと、そこにはSランクの高難易度クエストの為に遠征していた、元パーティメンバーが五人。晴れやかな表情で立っていた。

「おお、君たちか！　その顔、アースドラゴンを討伐できたみたいだな」

「お久しぶりです先生。アースドラゴン【羽根なし】の討伐、やり遂げました！」

「詳しい話は中で聞こう、入りなさい」

「ああいえ、ギルドにも行かないといけませんから。マスターにはまだ報告してないんですよ。先に先生に伝えたくて、帰ってきた足でこっちに来たので」

「ハハハ。そうか、なら丁度良かったな」

「え？」

「まあ直ぐに分かるさ。入っててリビングで待っててくれ」

「ああ、え？　まあ、じゃあ。お邪魔します」

困惑する元パーティ。今は友人と言うべきだろうか。

その五人を招き入れると、リチャードはアイリスが待つ寝室へと向かった。

この家の間取りを知っている面々からすれば玄関での会話。

そして、リチャードが寝室に向かったことからパーティの女性陣二人はリチャードの言葉の真意を察して「まさかギルドマスター」「遂に想いを」と顔を見合わせてニヤニヤしていた。

その後直ぐのことだった。

ギルドにいてはまず見られない私服のギルドマスターがリチャードと共にリビングにやって来たので、予想が当たったパーティの女性陣二人はアイリスに近づき、手を取って「やっと告白したんですね」「想いが伝わって良かったですね」と、二人の関係を祝福する。

残る男性陣三名も、その様子を見てやっと二人の関係を理解したようだった。

「俺たちの遠征中に色々あったんですねえ」

と、リチャードが入れた甘いコーヒーを飲みながら【緋色の剣】の大剣使い、トールスは二人から聞いた今日までの経緯を聞いていた。

「先生が養成所の教官になってるなんてなあ」

そして、リチャードとアイリスの交際と同棲《どうせい》、冒険者養成所への赴任の話もそこそこに、この街屈指のSランクパーティ【緋色の剣】の面々はアースドラゴン討伐の詳細をリチャードとアイリスの二人に報告し始めた。

「あの巨体は強化魔法の類で支えているからな」

「はい。先生が教えてくれたように、魔力切れさせてからは一方的に攻めることができましたよ。あとは片足に攻撃を集中してバランスを崩してから攻める。先生に教えてもらった大型の魔物と戦う際の鉄則は今回のアースドラゴンにも通用しました。とはいえ、罠《わな》を張るのも、罠に嵌《は》めるのも一苦労でしたよ。なんせ小さな山くらいのサイズ感でしたからね」

鼻高々、というよりは自分たちの成長を知ってもらいたくて話をするトールス含めた【緋色の剣】の面々たるや、その様子はまるで子供が親に頑張ったことを褒めてもらいたくて話しているような印象だ。

そしてこの時「ただいまあ」とリチャードとアイリス二人の本当の子供が帰宅した。

シエラは帰宅後、洗面所で手を洗い、話し声の聞こえるリビングへと向かうが、扉を開けると見覚えはあるがよくは知らない大人が五人。

三人はソファに、二人は予備の背もたれのない一人掛けソファに座りローテーブルを囲んでいる。

その五人を警戒しながら壁際をカニのように横向きで歩き、シエラはリチャードとアイリスの座るソファの裏へと回った。

「こ、こんにちは」

「こんにちは。えっとシエラちゃんでしたっけ？」

「ああそうだよ」

「親父、この人たちって確か親父がいたパーティの人たちだよね？」

「そうだよシエラ。【緋色の剣】の皆だ」

ソファの裏に隠れ、顔だけ出したシエラがリチャードに聞く。

その様子が可笑しくてクスッと笑ったアイリスは「こっちにおいで」と自分の膝をポンポンと叩き、シエラを呼んだ。

それに素直に従って、シエラはソファを回り込んでアイリスの元へ行くと膝の上に座る。

そんなシエラが愛おしくて、アイリスはぬいぐるみでも抱くかのようにシエラを抱きしめた。

「なんだかギルドマスター、優しくなりましたね」

「私は昔から優しいでしょ？　でもそうね。もしそう見えるならそれはこの子のおかげかもね。血は繋がってないけれど。この子は間違いなく私たちの宝物。それに私たち二人を結んでくれた恋の使徒でもあるしね。シエラちゃんのおかげで今の生活があるんだもの。私はシエラちゃんのお母さんになるんだし。親が娘に優しくするなんて、大切にするなんて当たり前のことでしょう？」

言いながら、アイリスはシエラを優しく抱きしめていた。

それが嬉しくてシエラの頬が緩む。

リチャードの家のリビングになんとも言えない和やかな空気が漂っていた。

「なあ親父。【緋色の剣】ってことは。この人たちの中に剣聖がいるんだよね？」

「ああそうだよ。この国の王様に認められた八剣聖《はちけんせい》の一人がそこにいるトールスさ。なあ雷神剣」

「いやもう、ホント止めてください先生。その二つ名で呼ばれるの普通に恥ずかしいんですって」

「ハハハ。文句ならこの二つ名を与えた王に言うんだな」

苦笑を浮かべるトールスに笑いながら言うリチャード。

その横でアイリスに抱っこされているシエラが興味の眼差しでトールスを見ている。

「親父とトールスさんは、どっちが強いの？」

「そりゃあトールスさ」「もちろん君のお父さんだよ」

「「ん？」」

シエラの口から漏れ出た疑問にリチャードと対面に座るトールスが同時に答えた。

しかし、お互いの答えが不服だったのか「いやいや、トールスのほうが若くて力も俊敏性も上で」とリチャードがトールスを褒めれば、トールスはそれに対して「真っ向勝負ならそうかもしれませんけど、先生の凄いところはどんな状況でも最善手を選択して手練手管《てれんてくだ》で」と反論する。

二人がお互いの戦力に対して議論が始まりそうになるなか、シエラが何やら考えているのか顎に手を当て首を傾げた。

その仕草はリチャードが考えごとをするときの癖。

どうやらリチャードの癖がシエラにも移ったらしい。

「トールスさん」

議論に突入した二人の間に割って入るようにシエラは言う。

その声にリチャードもトールスも口をつぐんでシエラを見た。

「俺と、手合わせしてください」

「君と？　まあ、俺は別に構わないけど」

「ふむ、確かに格上に挑んでみるのは良い経験になるか。どうだろう皆、明日は、流石に性急に過ぎるか。明後日辺り、養成所を訪問してくれないか？　生徒皆に現役冒険者の体験談を聞かせてやってほしいんだ。その後交流会という形でトールスはシエラと戦ってやってくれ」

「先生の頼みなら断りませんよ。構いませんか？　ギルドマスター」

「ええ、構わないわよ。私のほうから養成所には打診しておくわ」


しばらく歓談した後。【緋色の剣】の面々はギルドへの道を歩いていた。

恩師であり先輩であり、友人であるリチャードの家から出てきた五人は、どこか胸一杯といった様子だ。

それはもちろん負の感情から来る胸一杯の悲しみや苦しみ、などではなく。

どちらかといえば羨ましいや、おめでたい、喜ばしいという感情から来ている。

「先生もギルドマスターも幸せそうだったなあ」

「ええ、本当にね。久し振りに実家に帰りたくなっちゃった」

「わかる、明日一日あるし。俺、今日は共同拠点に帰らずに親父とお袋に土産でも買って実家に帰るわ」

流石の剣聖もシュタイナー一家の雰囲気に絆《ほだ》されたようだ。

トールスは冒険者になってから初めてのホームシックに陥っていた。

だがそれは【緋色の剣】のメンバー五人全員にも同じことが言えたようだ。

「私もギルドから直接実家に帰るわ」

「私もそうしよ～。お父さんお母さんの肩でも揉《も》んであげようかなあ」

「僕も久し振りに帰るよ。婆ちゃんに会いたくなっちゃったからね」

「私も母に何か買って帰って、父の墓参りにでも行くとするかな」

そんなわけで、【緋色の剣】の面々はギルドに報告書を提出し終わると、ギルドにいた他の冒険者たちからの賛辞を背に受けながら各々自宅へと帰っていった。

現在のパーティ最強の剣士トールスと、パーティの司令塔であり主に回復や補助役を担う魔法使い、ミリアリスは幼馴染みだ。

家が近いこともあって二人は仲間と別れた後、並んで道を歩き、リチャードたち家族について話をしていた。

「なんかもう、先生に戻ってきてくれなんて言えなくなっちまったなあ」

「アンタまだ諦めてなかったの？」

「いや、諦めたよ。無理だろ。あんな幸せそうな家族を引き離すなんて」

「血は繋がってなくても、か。いいなあ、私もそんな家族が欲しいなあ。ねえ？　トールス、アンタもそう思うでしょ？」

「何だよ。まあ、確かに思うけど」

トールスの腕に自分の腕を組みながら、ミリアリスが上目遣いでトールスに言った。

そんなミリアリスに顔を耳まで赤くしてトールスが答える。

どうやら将来、この国最強の剣聖は未来の嫁の尻に敷かれることになりそうだ。

「それにしても娘さんのシエラちゃん、見るからに成長してたわね」

「ん？　ああ確かになあ。最初会ったときは痩せ細っててガリガリだったもんなあ」

「剣聖から見てどうだった？」

「どうだった？　って言われてもなあ。見ただけでは何とも言えないだろ。先生ほど観察眼に優れてるわけじゃないんだから」

「血は繋がってないと言ってたけど、アンタと手合わせしたいって言った時のシエラちゃんの目、誰かに似てたと思わない？」

「ああ、それは思った。ギルドマスターと手合わせした時と同じ目をしてたなあ。アレは戦うことを楽しむやつの目だと思う。まあでも今十歳だっけ？　スライムくらいなら相手できるだろうけど、流石にまだ対人戦なんてできないだろ。明後日の交流会でトールスお兄さんが剣の何たるかを教えてやらないとなあ」

「あの二人の娘が戦えない、なんてことあるのかしら」

「ないない流石にない。十歳のこの時期ってまだスライム相手の実戦訓練終わった位だろ？　なら先生の娘さんにせいぜい胸を貸してやるさ」

握った拳で胸を叩き、高らかに笑うトールスとその様子を見て、ミリアリスは苦笑するのだった。


次の日。交流会を翌日に控え、養成所では屋外鍛練場もとい、校庭に全入所者が集められ、明日の交流会についての説明が行われていた。

Sランクパーティである【緋色の剣】来訪の報せに湧き立つ生徒たちの中において、シエラは退屈そうにボケッと突っ立っている。

「というわけで、明日の交流会は君たちにとって有意義《ゆういぎ》なものになるだろう。よく話を聞いて失礼のないようにな。以上で集会は終了だ、解散してくれ」

所長であるバルザスの長い長い話が終わり各自教室に戻っていく最中のこと。

「シュタイナー！　聞いたかよ。【緋色の剣】の人たちが来るってよ⁉」

「シエラちゃん会ったことある⁉」

と、ブレザーのポケットに手を突っ込んで歩くシエラの背後から、リグスとナースリーが声をかけてきた。

それに対して振り向いたシエラはポケットから出した手をヒラヒラ振る。

「昨日うちに来てたよ」

「ええ！　そうなの⁉　いいなあー。ねえどうだった？」

「やっぱり格好良かったか⁉」

冒険者を目指す少年少女たちにとって【緋色の剣】に限らずSランク冒険者のパーティというのは英雄そのもの。

創作物の主人公や、神話に登場する異界の住人が養成所にやって来る。

子供たちにとってはそんな感覚なのだ。

もしくは俳優、女優が養成所にやって来る感覚に近いか。

誰もが知る英雄たちが養成所に来訪するとなればリグスやナースリーだけでなく、子供たち全員が興奮気味にその事についての話で盛り上がっていた。

「親父のほうが格好いいよ」

「まあ確かにリチャードのおっちゃんは格好いいけど。そうじゃなくてさ、こう、やっぱりSランクの冒険者って威圧感とか強そうだなあ、みたいな感じしなかったか？」

「ミリアリス様！　ミリアリス様はどんな方だった⁉」

「威圧感、はなかった。みんな優しそうだった。ミリアリスさんは、何だかお母さんに似てた、優しいけど、強そう」

「へぇ～。そうなんだあ。明日会えるんだねぇ」

「楽しみだよなあ」

「俺も楽しみ。明日の交流会でトールスさんと戦えるから」

「え？　剣聖と剣を合わせるのか？　ズルいぞシュタイナー！」

拳闘士が開始の合図の後グローブとグローブを合わせる行為と同じだ。

剣士が戦いの前に剣を合わせる、それは剣士同士が握手をするに等しい行為。

リグスは剣士として修行中の身。

であるならば、シエラを羨む気持ちは人一倍なのは頷ける話だ。

そうして三人が楽しく会話しながら教室に向かっていた時のこと。

Aクラスのクラスメイト三人がシエラ、リグス、ナースリーの前に立ち塞がった。

眉間に皺を寄せ、険しい表情を浮かべている。何か気に食わないことでもあったのだろうか。

「おい！　貴様らBクラスの平民ごときがシュタイナーさんに馴れ馴れしいぞ！」

「は？　何だよ、お前ら関係ないだろ。シュタイナーは友達だ。馴れ馴れしくて悪いか？」

「悪いに決まってるだろ？　シュタイナーさんはリチャード様とギルドマスターのご息女だぞ？　貴様らでは釣り合わないだろ。さあ、シュタイナーさん、一緒に帰りましょう」

「え？　友達じゃないのに？　絶対やだ」

クラスメイトの誘いだろうが貴族の誘いだろうがバッサリ切り捨てるシエラ。

悲しいかな、更にシエラは固まる三人を無視してその横をリグスとナースリーの手を引いて通りすぎていった。

「なんだあいつら？」

「知らない、最近よく話しかけてくる」

「友達になりたいんじゃない？」

「俺は、俺の友達を馬鹿にする奴らとは絶対に友達にはならない」


学校での授業と鍛練が終わり、帰路についたシエラはリグス、ナースリーと別れて自宅へと真っすぐ帰宅。鍵を開けて家に入った。

「ただいま」とシエラは小さく呟くが今日リチャードは残業、アイリスも月が昇るまでは帰ってこない。

こんな日、シエラは二階にあるリチャードの書斎へと向かい、本を物色しては武器の指南書や魔物の生態図鑑などを読み漁っていた。

今日シエラが手に取ったのはリチャードが所属していた冒険者パーティ【緋色の剣】のメンバーの戦闘記録と鍛練の記録。

これはリチャードが書き記したものだ。

本来冒険者が相手にするのは魔物だが、時には盗賊を含め、犯罪者を討伐することもある。何より魔物の中にもゴブリンやコボルド、リザードマンなど人型の魔物、いわゆる亜人種などに独自の武技を扱う上位種も存在するため冒険者は対人訓練も行わなければならない。

最悪の場合、戦争に参加する場合も考えられる為、冒険者といえど魔物を狩ることだけを考えるわけにもいかないのだ。

ともあれ、シエラは【緋色の剣】の記録が書かれた膨大なノートの中から、トールスの戦闘記録や鍛錬の状況記録を抜粋して持ち出すと、それをリビングのローテーブルに広げて読み始めた。

戦うからには、いい勝負がしたい。

シエラはその一心でリチャードが書き記したノートを読んだ。

勝てる、などとは思っていない。驕ってるわけではない。

ただ、剣聖と呼ばれる剣士の頂点と戦う貴重な機会を得られたからには、自分の刃を届かせたい。

野垂れ死ぬのを待つだけだった自分を助け、あまつさえ娘に迎えてくれたリチャードに自分が成長したところを見てもらいたい。

シエラの胸中に浮かぶ考え、想いからの悪あがきだ。

「なにか悪い癖でも見つかればなあ」

「誰の悪い癖だい？」

「わ、びっくりした。お帰り、リチャード」

「ただいまシエラ。無表情だったが、ほんとに吃驚《びっくり》してたかい？」

随分集中して記録を漁っていたのだろう、いつの間にやらシエラが見た窓から見える景色はオレンジ色に染まり、夜の深い濃紺がそのオレンジ色を染めようとグラデーションをかけていた。

「随分熱心に何か読んでいたみたいだが。ああこれか。もしかしてトールス対策でも考えていたのかい？」

「ん。いい勝負がしたくて」

「ハッハッハ。剣聖といい勝負がしたいか。だが、彼は強いぞ？　何せ出会った当初は彼を転生者かと思ったくらいだったからね」

「転生者？」

聞きなれない言葉にシエラが首を傾げた。

そんなシエラの頭にポンと手を置いて撫で、上着を脱いだリチャードはシエラの座るソファの横に腰を下ろして物語を聞かせるように話を始める。

「転生者とはここことは違う世界で死に、この世界に生まれ変わってきたとされる特殊な人種を指す言葉さ。異世界人とも呼ばれることがある。皆一様に別の世界の記憶を持っていてね。この世界の発展に大きく関わってきたという伝説や言い伝えがあるんだよ。食べ物、魔道具、魔物との戦い方、全てに転生者と呼ばれた人たちが関わっているという研究結果もあるほどさ。食べ物ならトマトやジャガイモ、様々な野菜類、ケーキやパフェの作り方なんかも転生者が関わっているという話でね、他にも色々あるが。特筆すべきはその身に宿る戦闘力だ」

「強いの？」

「一説によれば一人で千人の軍隊に、または万人の軍隊に匹敵するとも言われている。だがこれも一部だけらしくてね、中には全く戦えない転生者なんかもいたらしい」

「それで？　なんでトールスさんが転生者だって？」

「いやなに、単純に強かったからさ。まあでも本人談だが前世の記憶なんかはないって話だからね。

もしかしたら、トールスは転生者の子孫ではないかと私は考えている」

と、ここまで話したところで玄関から「たっだいまあ！」とアイリスの元気な声が聞こえてきた。

バタバタと洗面所に行ったり、ファミリークローゼットに行ったりしている辺りさっさと窮屈な制服を脱いで着替えているようだ。

「おっと、夕飯の準備は今日は私の番だったか。すまないシエラ、話はここまでだ。今日はシエラの好きなカレーでも作るよ」

「やった。カレー大好き」

こうしてリチャードはシエラを撫で繰り回した後、慌てた様子でキッチンへと向かい、リビングに入れ替わるように入ってきたアイリスがシエラにただいまの挨拶と共に額にキスをした。

「今日の学校はどうだった？」

リチャードが夕食を作りにキッチンに向かった後。

二人きりになったリビングで、ソファに座っていたシエラの隣にピッタリくっついて座ったアイリスが聞いた。

その問いにシエラは今日学校であったことを大まかに答える。

「そのあとで、帰り際にクラスメイトにリグスとナースリーを馬鹿にされたから、怒った」

「あらあら、じゃあその子たちは今頃その子のお父さんに大目玉食らってるかもねえ」

「大目玉？」

「怒られてるってことよ、貴族あっての平民なんて考えじゃあ国を支える立派な貴族にはなれないからね」

実際のところ同時刻。シエラのクラスメイトは三人が三人共に両親から「この馬鹿者！　貴族は民を守るための存在！　民あっての我々だと教えたはずだぞ！　誰の税金のおかげで我々が生活できていると思っている！　平民ごときがなどと今後絶対に言うな！」とさながら雷でも落ちる勢いでお叱りを受けていた。

「その三人はシエラちゃんと仲良くなりたかったんでしょうけどねえ。この国の貴族は腕っ節の強い女性を伴侶に迎えるのが自慢になるから。私も経験あるなあ、好きでもない貴族に求婚されたりねえ」

「アイリスはなんて言って断ってたの？」

「百年修行して私より強くなってから出直して来いって言ってやったわ」

「遠回しに完全拒否」

「まあ。私はリチャードと出会ってからは、って娘になに話してるのかしら」

途中まで話したところでアイリスは顔を赤くして照れて両手で顔を覆った。

しかし、途中で中断されてはシエラとしては気になって仕方ない。

気になったことは知りたい質のシエラは「リチャードと出会ってからはなに？　ねえアイリス続きは？」とアイリスの体を揺すって聞く。

「シエラちゃん、お父さんと無自覚ドSなところが似てきたわね」

「無自覚どえす？」

「いいの、気にしないで忘れて。お父さんとの馴れ初め、聞かせてあげるから」

「ん。分かった」

「おいで、膝枕してあげる」

「じゃあついでに耳かきして」

「ええ、いいわよ。お話しついでに耳かきしてあげるわ」

アイリスの了承を得られたのでシエラはソファから立ち上がると、リビングの出入り口のすぐ横に置いている背の低い棚からフワフワな梵天《ぼんてん》付きの耳かきを取り出し、ソファに戻ってきて座るとその耳かきを渡して自分の頭をアイリスの膝に預けた。

「あら？　綺麗じゃないの、まあいいわ。撫でるくらいの力でマッサージする感じにしておくわね」

「ん。アイリスの耳かき気持ち良くて好きだから、任せる」

脱力し、シエラは完全にアイリスに身を委《ゆだ》ねる。

家族とはいえ、他人に無防備を晒《さら》すのは信頼の証。

シエラが如何に自分を信用しているかを実感し、ややこみ上げてくるものを感じながらアイリスは微笑み、耳かきを始めた。

「で？　アイリスはいつからリチャードのこと好きなの？」

「う。忘れてなかったか。そうねえ好きだと思ったのは彼と何度目かのクエストに行った時だったわねえ。自慢じゃないけど私は強いからね、たまのヘルプでクエストの手伝いをしても、まあなんていうか女性としては扱ってもらえないっていうか、雑に扱われてたわけ。そんな中で彼だけは初めてクエストを一緒に受けた時から私を一人の女性として接してくれてねえ」

ここからアイリスの惚気《のろけ》話が延々と続いていく。

シエラはその話を羨ましそうに聞いているが、耳かきの気持ちよさもあってか徐々に眠気に微睡んでいった。

「それでね？　戦争の時もピンチの時に駆けつけたりしてくれてねえ。それで、いつの間にか彼のことが好きになっちゃってて。って、あれ？　シエラちゃん？　あらら寝ちゃった」

「寝かせてどうする。シエラ、起きなさい。夕食ができたぞ？」

「リック！　いつから後ろに!?」

「今来たところだが。さあ君も空腹だろ？　夕食にしよう」

寝惚けたシエラを抱きかかえ、ダイニングに向かおうとするリチャードに続いてアイリスもソファを立つ。

しかし、そこでアイリスはリチャードの顔が真っ赤になっていることに気がついた。

今来たところなどと言っていたがそれは嘘で、実は話を聞いていたのだとアイリスは気がつき、二人は廊下を歩きながら揃って照れて、顔を赤くしたのだった。


翌日。学校は予想どおりのお祭り騒ぎだった。

【緋色の剣】の面々の登場で校庭に並ぶ生徒たちは歓声を上げた。

とくに子供たちの中でも最前列に並んでいる貴族の子供たちなどは、ミリアリスがシエラを見つけて手を振れば、それを勘違いしたのか、顔を赤くしてシエラ以外はモジモジと照れていた。

「では、交流会を始めるが、失礼のないようにな」

バルザス所長の言葉と共に交流会は始まった。

こういう時、冒険者を目指している生徒たちは剣士ならトールスの下へ、魔法が使えてヒーラーを目指している者はミリアリスの下へと、将来目指したいジョブを持つ先輩の下へ話を聞きに行く。

手合わせの約束をしているシエラも真っ先にトールスの下へと向かうと思われたがシエラが向かったのは【緋色の剣】のもう一人の攻撃の要。魔法使いである青年リンネの所だった。

「やあシエラちゃん。この後トールスと手合わせするんだろ？　どうしたんだい？　僕の所なんかに来て」

まっすぐ伸びた黒髪。黒目。モノクルをかけている黒いローブに身を包んだリンネがシエラに微笑む。

「えっと、リンネさんに聞きたいことがあって」

「ふむふむ。ちょっと待ってね」

交流会というからにはシエラ一人を優先するのもどうかと考えたのかリンネは魔法を一つ発動した。

魔力による分身の製作。並列思考すら搭載したこの魔法はこの青年リンネの使える魔法の中でも相当に高度、高次元の魔法だ。

本来は分身体との連携で魔法の威力を相乗したり、分身が魔法を使っている間に本体が召喚魔法を使うなどと連携の為に用いられるそれを、リンネは恩師の娘と話すためだけに使い、他の生徒の相手は分身体が務めた。

この魔法が見られるだけでも魔法使いを目指す少年少女たちにとっては最高の経験だ、ありがたがられこそすれ、文句を言う生徒など一人もいない。

「昨日家で皆の鍛練の記録を見てた」

「ああ～。先生が書いていたアレかあ。なにか気になることでも書いてたのかい？」

「リンネさん、トールスさんに一回模擬戦で勝ってたから。魔法使いのリンネさんが、どうやって剣聖に勝ったのかなって」

「ああ～、えっと～？」

校庭の砂がローブにつくのもお構いなし、肩まで伸びた黒髪を掻《か》きながらリンネは膝をつき、シエラに視線を合わせるとかけているモノクルを外して当時のことを思い出そうとしているのか、何か言いよどんでいる。

「シエラが言っているのは、君が山一つ吹き飛ばした時の話だよリンネ」

悩むリンネの代わりに応えたのは二人に近づいてきたリチャードだった。

「え、ああ。あの時のですか？　あれはでも模擬戦っていうわけではないし。勝ったって言えるんですかねえ。使役できる召喚獣全てと魔法による分身体、僕の全てを動員して辺り一面吹き飛ばしてやっと片膝をつかせただけですよ？」

「まあ確かに規模の割に成果がなあ。などと言うと思ったかい？　あの時君が攻撃を逸らしたから良かったものの、直撃していたなら確実にトールスは死んでいたんだぞ？」

「いやあお恥ずかしい。誤解があったとはいえ喧嘩であんなことを」

「喧嘩は、ダメだよ」

「ハハハ。君はお父さんと一緒で優しいね。でも大丈夫さ、あいつとは。親友だからね」

シエラに言われ、リンネはバツが悪そうに笑うとシエラの頭を撫でて立ち上がった。

その時だった、シエラを撫でた手を見ながらリンネが眉をひそめた。

「先生、この子」

「何か視えたかい？　天才魔法使い君」

「魔力の総量が普通の十歳の女の子のそれじゃありませんよ。どんな鍛え方したらこうなるんですか？」

「それは恐らく加護の影響だと思うがね。魔法関係はアイリスに任せっきりだから正直分からん」

「教え甲斐がありますね。こんな子が自分の弟子だったなら僕だって自分の知ってる魔法を全部教え込みます」

再びシエラを撫でながら、微笑むリンネ。

シエラはそんなリンネを見ながら「またいつか召喚魔法教えてください」と言ってリンネから離れ、トールスのほうへと歩いて行った。

「あらら。嫌われましたかね？」

「いいや、あの子は嫌いならどんな相手にでも嫌いと言う子さ」

実際シエラは【緋色の剣】のメンバーのことは誰一人嫌っていない。

それどころか、リチャードを先生と呼び慕う彼らのことは兄や姉のように思っているほどだ。

ただ今回は「今はまだ、山は吹き飛ばせない」と、トールスと戦うための参考にならなかったことだけが残念という感じだった。

リンネと父の元を離れ、トールスの下へ歩み寄ろうとしたシエラはトールスを囲む剣士志望の生徒たちの壁に阻まれて目的地に辿り着けないでいた。

剣聖は将来冒険者を生業としようとする者だけでなく、騎士を目指す貴族の少年少女にとっても憧れの存在。【緋色の剣】の中でもトールスの人気は一際なわけだ。

一息に人垣を飛び越えようかと考え、シエラがその輪から少し離れた時だった。

「トールス様！」

と、一人の生徒がトールスの前に立った。

シエラや他のクラスメイトより背は高く、その立ち居振る舞いからシエラたちより年上だというのがうかがえる。

「Aクラス、リント・ツー・アルストルと申します」

「おお、アルストル伯のご子息か。御父上には式典で会ったことがあるよ」

「不躾《ぶしつけ》ながら私と剣を合わせていただけませんか」

「う～ん。先約があるんだけどなあ。シエラちゃん！　構わないかい？」

離れた位置にいたシエラにトールスが声を上げて報せた。

その声とトールスの視線に人垣の視線がシエラに一斉に向けられるが、シエラはお構いなしだ。

駆けだす為に下げていた腰を上げてトールスに向かって黙って頷いた。

「女性のくせにトールス様と剣を合わせる約束を？」

「おや。言うじゃないか、子供のくせに」

「う、し、失礼しました」

「それに。いや、実力の程はこの後わかるさ。さて、挑まれたからには応えよう。君はその腰の剣を使うといい。俺は持って来たこいつを使う」

リントにトールスはそう言うと、ポケットから取り出した食事に使う小さな銀製のナイフを取り出した。

刃先は丸く、刃の部分もギザギザに加工され大方人を殺傷することができそうにないソレを、トールスはリントに向ける。

「背中の剣は抜いていただけないのですか？」

「すまんな、こいつは誰かに何かを教えるには向いてないんだ」

トールスは言いながら背中に担いでいる大剣を親指で指す。

少し残念そうではあったが、それでも剣聖と剣を合わせる誉《ほまれ》は与えられた。

リント少年は腰の剣を抜いて構え、トールスに近づいていった。

「よろしくお願いします」

「ああ、よろしく」

剣士同士の決闘の合図は剣と剣が接触しカチンと音を立てること。この場合剣とナイフだが、ともあれ手合わせが始まった。

リント少年が振る剣をトールスは当たり前のように受け、捌《さば》く。

当然といえば当然だが、その実力差は圧倒的だ。

どれだけリント少年が剣をトールスに打ち込もうが、トールスは微動だにしない。

一切動かないのだ。一歩どころか半歩すら動かない。

食器のナイフで剣を受けながら、足は肩幅に開かれ、直立の状態でトールスはリント少年の剣を受け続けていた。

そんな攻防とも呼べない圧倒的な実力差に、リント少年はあっという間に汗だくになり、大きく呼吸をしているのが分かるほどに肩を上下に揺らす。

「こんなにも、遠いなんて」

「終わりかな？」

「まだ、まだです！」

「いや、終わりだ」

リント少年が今一度トールスに斬りかかる。しかし、リント少年が振った剣にナイフを合わせて振ったトールスは、鋼鉄でできたリント少年の剣を銀製の食器ナイフでもって、斬った。

「そんな、ナイフなんかで」

「強化魔法が甘いなあ、剣技はそこそこいい線いってるんだ。剣士を目指すからって魔法を蔑ろにしてはいけないぞ？」

「はい、わかりました。ありがとうございます」

半ばほどから折れた剣の先を拾い上げ、柄のほうは鞘にしまい、リント少年は深々とお辞儀をして人垣のほうへと向かって行った。

さて、次はシエラの番なのだが、リント少年とトールスの手合わせを見てアてられたか、剣士志望の少年少女たちは「次は僕と！」「次は私と！」とトールスに迫った。

全員を追い払うにしても薙ぎ払うわけにもいかず、トールスが困っているとシビレを切らしたシエラが一歩、人垣のほうへと歩き出した。

「どいて。次は俺だ」

殺気、と言うよりは闘気か。シエラが放ったそれが、人垣に道を作った。

他の生徒はシエラを、十歳の少女を恐れた。

触らぬ神に祟《たた》りなし、危うきに近寄らず。戦いを知らない子供たちが持った一番近しい感覚は、両親に悪戯がバレて怒られる寸前、今にも怒鳴られそうな瞬間のあの雰囲気。

それをシエラから皆一様に感じていた。

さながら神話の登場人物が海を割ったように、シエラの前にトールスまでの道が一直線に出来上がる。

「おまたせ。トールス兄ちゃん」

「兄ちゃん？」

「うん。俺にとって【緋色の剣】のみんなは兄ちゃんと姉ちゃんみたいなもの。だと思うから」

「はっはっは。怖い妹ができたもんだなあ」

「怖い？」

「十歳だっけ？　その歳で闘気を纏《まと》えるなんて、正直意味が分かんねえ。流石は先生の娘。流石は俺たちの妹弟子だ。さあ、約束どおり。やろう」

「親父が言ってた。戦う相手に怖がられるのは褒められてるのと一緒だって。ありがとう兄ちゃん。今の俺じゃまだ届かないけど。全力でいくね？」

シエラが腰の鞘から剣を抜き、肩から魔導銃を下ろして手に握る。

だらりと力なく剣と銃を下げて構えるシエラの姿に、トールスはいつか手合わせするために相対したギルドマスター、アイリスの姿を重ねて見ていた。

「ああ。こいつは、ほんとにとんでもねぇんじゃねぇか？」

ニヤッと笑いながら、トールスがナイフを腰のポーチに片づけ、背中の大剣を抜いた。

依怙贔屓《えこひいき》などではない。シエラに対してはそうする必要があると、トールスは感じたのだ。

トールスが背中の大剣を抜いたことで周囲の生徒たちがざわつき、ジリジリと後退していき二人を囲む輪が次第に広がっていった。

それというのもトールスの持つ大剣が子供たちにとってはあまりにも巨大だったからだ。

大人一人隠すこともできる程の幅広の大剣。

そんな物を目の前で振り回されては、ただただ危険でしかない。

「シュタイナーさんには剣を抜くのか」

先程トールスと手合わせをしていたリント少年が悔しそうに歯を食いしばり、顔を歪める。

そんなことはお構いなしにシエラもトールスも正面に剣を構えて互いの刃を近づけていく。

木剣でも構えるように、トールスは身の丈程もある大剣を近づけていくと、シエラが持つお子様サイズのショートソードが接触してカチンと音を鳴らした。

手合わせが始まったと同時、先に動いたのはシエラだった。

横に跳び、距離をあけてまず一射。試し斬り人形をやすやすと破壊する高圧の砲弾のような水魔法を放つシエラ。

放たれた水魔法をトールスは片手で振り上げた大剣で一刀両断する。その瞬間を狙ってシエラがトールスの懐に駆け込んだ。

「ハハ！　いい踏み込みだ！」

「ん。ありがと」

剣を横に振ろうとしたシエラにトールスが大剣を振り下ろす。

先に動いたはずのシエラだったが、トールスの剣速のほうが随分速い。

その大剣を間一髪、先程と同じように横に跳び避けるシエラはトールスの大剣が地面を割るのを見た。

「コレを見て萎縮することもないか。度胸あるなあ妹弟子は」

「殺意がないから」

「まあ、それはそうだ。可愛い妹に殺意は向けられない。例え今が戦時だとしてもな。でもシエラちゃんは俺を殺す気で挑みな。じゃないと。怪我するぜ？」

地面から大剣をゆっくり抜き、肩に担ぐトールスが空いている手で、クイックイッと手招きしてシエラを誘う。

シエラはその誘いに「ん。分かった」といつもの調子で乗り、腰を落として肩に担ぐように剣を構えた。

リチャードの剣の構え方だ。

「様になってる。よく見てるってことだな」

シエラが駆け出した。

リチャードの剣の構えから一撃。シエラが剣を振り下ろし、それをトールスは小枝でも払うように大剣で打ち払う。

しかし、シエラは止まらない。

崩れた体勢から体を軸に回転させて横に振った。

アイリスの剣の振り方だ、力に逆らわず、むしろ利用して剣に威力を相乗する。

更には至近距離での魔導銃による射撃。

この連撃に、トールスは冷や汗を滲ませた。

だが、剣聖の名は伊達ではない。

その連撃すらトールスは大剣で受け流し、打ち払い、無傷で凌いでみせる。

ここからはシエラも更に速度を上げた。

連撃を繰り返し、反撃されれば距離を離して魔導銃から曲がる魔力弾を数発射出し、弾丸とともにトールスに肉迫する。

戦っているというのに、二人の顔には笑顔が浮かんでいた。

まるで歳の離れた兄妹がじゃれ合って遊んでいるような、そんな二人の様子を、遠巻きに見ていたリチャードは微笑みを浮かべていた。

「どうした！　動きが鈍ってきたぞ！　疲れたか⁉」

「ま、まだ、大丈夫！」

トールスに言われ剣を振り、魔導銃の銃口を向け、シエラは考えつく限りの戦法で剣聖に挑む。

その鬼気迫る様子に周囲で見ていた生徒たちは戦慄し、更に距離を離していった。

そして、いよいよシエラの体力も尽きてきたか、一瞬動きが鈍ったのを見たトールスは大剣を振り下ろし、シエラの眼前で止める。

そのトールスの大剣の剣圧が風になってシエラの青い髪を優しく撫でた。

「おお〜。目も瞑らないか。ほんと、とんでもないなあ」

「はぁ、はぁ。負けた」

「はっはっは！　そりゃあなあ。でも正直驚いた。まさかここまで動けるなんて思ってなかった。

いやはや、俺の観察眼は先生の足元には遥かに及ばないな」

汗一つかいていないトールスが肩で息をするシエラの頭にポンと手を置いて言った。

それは剣聖からの、兄弟子からの最大の賛辞。

シエラはそれが嬉しくてトールスに微笑んでみせた。

手合わせを終えたシエラは「ありがとうトールス兄ちゃん、また手合わせしてね」とトールスに礼を述べ、頭を下げると疲れた様子でトールスから離れた。

しかし、まだ交流会は終わらない。

再びトールスの周りに生徒たちが壁を作っていく。

その壁に背を向け、シエラは何処か休憩できる場所に座ろうと歩き出した。

そのシエラの前に一人の生徒が立ちふさがる。

トールスと立ち合ったリントという貴族の少年だった。

そのリントの表情は何か苦いものでも噛んだかのように歪んでいる。

「何？」

何も言わずに目の前に立つリントにシエラは首を傾げて聞く。

「失礼、私は」

「リントでしょ？　聞いてた」

「そう。リント・ツー・アルストル。まずは先の剣聖、トールス様との立ち合いお見事でした」

「ん。ありがとう」

シエラに一礼で頭を下げるリント。

そんなリントをシエラは無下にすることもなく、ペコッと頭を下げ返礼する。

「シュタイナー様のご息女である貴女は、やはり冒険者を目指すんですね」

「そうだけど、何？」

「私は将来騎士になるために励んできた。頑張った。努力した。しかし、今日トールス様と君の手合わせをして身の程を知ったし、実力の差に絶望した」

「そう？　悪くない動きだったけどなあ」

「君に、言われてもな」

「私は学校に入る前から親父と。ギルドマスターに色々教えてもらったから」

「だろうね。私とて家庭教師に魔法や剣術は習っていたが。その二人程の実力は申し訳ないが私の先生にあるはずもない。率直に聞かせてほしい、トールス様と立ち合い、何を感じた？　私は少し、自分の夢に陰りを見た。私ごときが剣聖に至れるのかと」

「何を、感じた？」

リントの質問にシエラは顎に手を当て先程の立ち合いを振り返る。

あの時こうしたほうが良かった、あの回避の時反撃できたのでは？　と反省すべき点は山程思い浮かぶが、恐らく目の前の少年が聞きたいのはそういったことではないとだろうということは流石のシエラも理解していた。

「俺は、楽しかった。今はまだ勝てる気は全然しないけど、いつか絶対一本取る」

「君は、凄いな。まだ子供なのに」

「貴方だってまだ子供でしょ？　親父が言ってた。俺たち子供は可能性の塊。夢は諦めなければいつか叶う、って。諦めなければ可能性は消えないって」

「そうだろうか。私も諦めなければ、いつかあの頂に辿り着けるだろうか」

「ん。大丈夫、諦めなければいつかは届く」

「あれだけ戦える君に言われると真実味があるね。ありがとうシエラさん。騎士になり、いつか剣聖へと至る夢。捨てずに済みそうだよ」

「ん。頑張って。俺もEXランクの冒険者になるから」

「ハハ。それは剣聖よりも難しい夢だね。でも、そうだな。私が言うのもなんだが、まあお互い頑張ろう。私はもう少しトールス様から話を聞いてくるよ。ありがとうシエラさん。ではまた」

リントは去り際、シエラの手を取るとその手の甲に口づけをしてシエラの元を去っていった。

貴族にとっては挨拶のようなものだ。

だが、シエラがそんなことを知るよしもない。

シエラは口づけされた手の甲を制服の裾で拭くと、校庭を囲う芝生の場所までのその歩き、その上に胡坐で座り込んで交流会の様子を眺めていた。

「ちょっと貴女！　さっきアルストル様と何をしていたの！」

「もーなんなんだよ。休ませてよ」

貴族の息子、リントは顔立ちが整った金髪のいわゆるイケメン。

家柄良し、性格良し、顔良し、実力もある。

故に女生徒にファンが存在していることを後にシエラは知ることになる。

そのファンたちがシエラを取り囲んだ。

「見ていたわよ！　さっきアルストル様と仲良さげに話していたでしょ⁉　それに、別れ際に、キ、キスまで！」

「もう。うるさいなあ。アイツとはさっき初めて話しただけでなんにもないよ」

「あ、あ、アイツゥ⁉　アルストル様に対してなんて無礼な！」

「なあ、俺疲れてるから。ちょっと静かにしてくれない？」

恋する乙女たちのボルテージは上がっていく。

しかし、最終的に騒ぎを聞きつけてやって来た教官によってその場は鎮められることになった。


その後、ちょっとしたサプライズイベントのようにリチャードとトールスの師弟対決があり、交流会も無事終わって、帰宅したシエラとリチャードはアイリスが帰って来る前にと、夕食の準備をしていた。

リチャードが野菜を切り、それを運んでシエラが鍋で煮る。

コトコトグツグツ煮込まれた野菜や香辛料の香りが空腹のシエラの腹を鳴らした。

「お腹減った。アイリスまだ帰ってこないのかな」

「ん？　腹が空いたなら先に食べるかい？」

「いやいい。皆で食べる」

「無理はするなよ？」

「ん。大丈夫」

食事の準備が終わり、ダイニングのテーブルに皿を二人で並べていると、アイリスが「ああ～！　疲れたあ！」と帰宅。

風呂場の脱衣所にギルドの制服の上着を脱ぎ捨て、シャツとズボンだけの姿でアイリスはダイニングに現れた。

「ただいまあリック。シエラちゃん」

「お帰りアイリ。今日もご機嫌だな」

「そりゃあ。仕事を終えて帰った家に恋人と娘が待っててくれるなら機嫌も良くなるってものよ。ねえシエラちゃん」

「ん。確かに。家に二人といる時が一番楽しい」

シエラをハグしながらいつものようにご機嫌なアイリスの様子に、リチャードは苦笑しながらキッチンへ野菜スープが入った鍋を取りに向かい、シエラとアイリスは席に着いてリチャードがダイニングに来るのを待つ。

その間にアイリスはシエラに「今日の交流会はどうだった？」と話を聞いていた。

「トールス兄ちゃんに褒められた」

「あら、それは。普通に凄いわね」

「でね？　その後にリチャードと兄ちゃんが戦ったんだけど、リチャードが勝った」

「え？　リックが、トールスに勝ったの⁉」

「ははは。まあ勝ちはしたが、アレは正々堂々とはかけ離れた戦い方だ。それに、生徒たちがあれだけ近くにいて、街中とあっては彼は本気を出せない。周りを気にしないでいい場所なら私は一瞬で負けていたさ」

アイリスがシエラの言葉に驚いているとリチャードが鍋を持ってキッチンから戻ってきた。

主菜と副菜、ライスとスープを並べて始まるいつもの夕食。

今日の話題はもっぱら今日の交流会のことになった。

「なるほど、対人戦の心得ねえ。確かに盗賊やらは不意打ち、騙《だま》し討《う》ちは当たり前だからねえ。早い時期に意識させるのは悪くないかもね」

「少し、やりすぎた気もするが」

「そんなことないわよ、油断したトールスが悪い。ねえシエラちゃん」

「ん。確かに合図の後に他所見した兄ちゃんが悪い」

とまあコレだけ噂をしているからか、この時トールスはミリアリスとベッドで寛いでいたところ、数回くしゃみをするハメになっていた。

「誰かが俺の噂でもしてんのか？」

「ええ〜？　先生に今日の手合わせのダメ出しされてるんじゃないの？」

「いやいや、そんなわけ。あるかも」

当たらずも遠からずの予想をしながらトールスはミリアリスを抱き寄せる。

そんなトールスを慰めるようにミリアリスもトールスの背中に手を回し、優しく包むように抱きしめ合った。

場所は戻ってリチャード宅のダイニング。

シエラはいつになく楽しそうに今日の交流会のことをアイリスに聞いてもらっていた。

「でね？　リンネ兄ちゃんには今度、召喚魔法教えてもらうんだ」

「特級加護持ちのシエラちゃんが召喚魔法なんか使ったら何が召喚されるのかしら」

「ふむ。天才魔法使いと呼ばれたリンネですら賜っている加護は上級のもの。特級加護持ちが召喚魔法を使ったなんて資料は見たこともないし、確かに少し。いや、かなり興味あるな。私やリンネの魔法の師匠であるアルギスは召喚魔法を使わなかったし」

弾む会話、進む食事、三人の団欒は続いていく。

そして食事を終え、キッチンに食器を運んだあと。

リビングのソファに座った瞬間だった。

シエラはまるで糸が切れたマリオネットのように眠りに落ち、隣に座っていたリチャードの膝に頭を預けて意識を手放した。

「あら、シエラちゃん寝ちゃったの？」

「ああ、本当に座った瞬間に眠ったよ。疲れていたんだろうな。孤児院で子供たちの面倒を見ていた頃を思い出すよ。子供というのは本当に急に眠ったりする。面白くも愛らしいものだ」

眠るシエラの頭を撫でながらリチャードは言うと、アイリスが頬を膨らませながらシエラとは反対側に座りリチャードを上目遣いで睨む。

「私も撫でてください」

「おやおや。そんな栄誉を頂けるのかい？　なら遠慮なく撫でさせていただくよ」

願わくば、こんな幸せな時間がいつまでも続きますようにとリチャードは願い、アイリスの肩を抱き寄せ、頭を撫でながら、娘と恋人のぬくもりを手の中に感じていた。

第五章

交流会から数日後。

毎晩ほぼ同じ時間に帰ってくるはずのアイリスがなかなか帰ってこないのを不思議に思いながら、養成所から帰ってきてすっかりおくつろぎモードになっているリチャードとシエラは夕食の準備を進めていた。

「今日はアイリス遅いね」

「確かにな。もうしばらく待っても帰ってこないようなら私たちだけでも夕食を食べてしまおうか」

「う〜ん。でもそれだと、アイリスかわいそう」

「シエラは優しいな。では、もうしばらく待つか」

夕食の準備を終え、ダイニングに料理を並べたのは良いが、やはり一向にアイリスが帰宅してくる気配はない。

廊下にある柱時計がポーンと二十時の鐘を鳴らし、いい加減に食事にするかと、リチャードが愚《ぐ》図《ず》るシエラをなだめて夕食の卓につこうとした瞬間だった。

「た〜だ〜い〜まあ」

と、声色からもうかがえるほどに疲れた様子のアイリスが帰宅した。

「あ、帰ってきた」

「ははは。ギリギリ間に合ったな」

一度座ったダイニングの椅子から立ち上がり、帰宅したアイリスを迎えにシエラが玄関に向かって駆けて行く。

その後ろをリチャードも歩いてついていった。

「やあお帰りアイリ。今日はいつもより遅かったな。なにかトラブルかい？」

「お帰りアイリス。ご飯できてるよ？」

「ただいまあ。リック。シエラちゃん。いやあちょっとねえ。ご飯食べながら話していい？　もうお腹ペコペコなのよねえ」

出迎えてくれた二人に言うと、アイリスはダイニングのほうへ続く廊下に向かわず、玄関から直進して左手にある風呂場の横のクローゼットルームへと向かっていった。

荷物と着替えのためだと察し、リチャードはシエラを連れてダイニングに行ってテーブルにシエラだけ座らせると、自分はテーブルから本日の特製クリームシチューの入った鍋を持ってキッチンへ向かい、すっかり冷めてしまったシチューを再び火にかけた。

「疲れに効くのはどのフルーツが良かったか、柑橘《かんきつ》類やイチゴは確か保冷室にあったな。切っておくか」

シチューを温めるついでに、保冷室で凍らせて保管していたイチゴやオレンジを取り出し、新たに棚から出した小皿にそれらを切って並べ、火の側に置いた。

「少しばかり硬いか？　まあ最悪魔法で解凍してもらうか」

冷めていたとはいえ、シチューの再加熱はすぐ終わったので、リチャードは鍋を持ってダイニングへ向かい「先に食べていてくれ」と、すでに着替えを済ませて席についていたアイリスとシエラに言うと、キッチンにフルーツを取りに戻った。

その時だった。リチャードの視界の隅《すみ》を白い影がチラつく。廊下の窓の外に白い影が通り過ぎたように映ったのだ。

「ん？　気の、せいか」

一瞬だったことから気にはなったが、見間違いと断じ、リチャードはキッチンから切り分けたフルーツを持ってダイニングに戻り、今晩は遅めの夕食となった。

「先に食べていて良かったんだぞ？」

「待っててもらっておいて先に食べるなんてできないわよ」

「ん。そうそう。リチャードがいないのに先になんて」

「そうか。そうだな。ではみんな揃ったということで頂くとしようか」

こうして始まった本日の夕食。

まろやかでコクのあるクリームシチューに舌鼓を打つリチャードとアイリスの対面で、シエラもおいしそうにシチューを口に運んでいる。

お腹がすいていたのか、リチャードの作ったシチューの味がそうさせるのか、シエラは皿を持ち上げて口をつけると、あっという間に一杯目のシチューを平らげた。

「ははは。豪快な食べっぷりだな。見ていて気持ちがいい」

「ふふ。シエラちゃん、シチューでお髭《ひげ》ができてるわよ？」

進んでいく夕食。気がつけばシチューを入れていた鍋はいつの間にか空になっていた。

そして、食後の為にと用意したフルーツをみんなで摘《つま》んでいた時だ。

「ああ、そうそう。今日遅くなった理由なんだけどね？」

と、まだ少し凍ってシャーベット状になっているイチゴを口の中で転がしながらアイリスが話し始めた。

「まだ調査中の段階だから詳しくは分からないんだけど、街で同時多発的に起こったことに対して調査を頼む、っていう同じ依頼がギルドに寄せられてねえ。その処理に手間取っちゃって」

「同時多発的？　なんだ、穏やかじゃないな」

「そうなのよねえ。よく分かんないのよ。で、その内容もさあ、幽霊を見た、幽霊が家に入ってきた、ってものでねえ」

「幽霊？」

リチャードとアイリスの話を黙って聞いていたシエラが普段聞かない単語に疑問を抱き、二人の会話に口を挟んでしまった。

それを不快に感じることなどあるはずもなく。

リチャードとアイリスはシエラに微笑みを向ける。

「幽霊というのは人が死んだ際に発した無念や恨みから生まれた魔物のことだよ。スペクターやゴースト、ファントム。呼び名は国や地域によって違うが、大体同じものを指す。フワフワと浮遊し、霊体のみで存在しているれっきとした魔物だ」

「それが街なかに？」

「そうみたいなのよねえ。しかも昼夜問わずに出没してるみたいで、かなりの依頼量になっているわ」

シエラの問いに答えると、アイリスは辟易《へきえき》していると言いたげにため息を吐いて肩を落とした。

「幽霊って倒せないの？」

「霊体には物理的な干渉はできない。剣で裂こうが槍で突こうが基本的には無駄な努力になる。とはいえこの世界に存在している以上、その体を構築するには魔力の介在が絶対条件。武器に魔力を纏わせたなら聖職者の祈りなどなくても倒すことは可能だよ。まあ簡単な話、魔法は効果的ということさ。一部の上位種、危険度Sランクのグリムリーパーと呼ばれる魔物などはその限りではないがね」

「じゃあ幽霊さん、みんなでやっつけたらいいんじゃない？」

「そうねえ。そうなんだけどねえ」

リチャードの話を聞き、思い至ったシエラが特に考えなしで言い放つが、アイリスの返答はどこか歯切れが悪い。

というのも、すでに何度も目撃があった場所にクエストとして冒険者を派遣。幽霊たちは討伐し続けているのだとアイリスは語った。

「それなのに！　それなのに依頼の件数が減らない！　むしろ増えてる！　なんで!?」

頭を抱え、声を上げるアイリス。どうやら一番の悩みはそこらしい。

「【緋色の剣】のみんなもいる。あの子たちに声をかけてみてはどうだい？　あの子たちなら一瞬で片づけてくれるだろう」

「そうね。異常事態ではあるし、大きな事件事故に繋がる前にランク関係なしで討伐にあたってもらえるように緊急クエストをギルドから発令することにするわ」

お疲れのご様子のアイリスがそう言って再びため息をついた。

そんなお疲れのアイリスを哀れに思ってか、シエラは席を立つとアイリスの側に向かい心配そうにアイリスの腕に手を添え、寄り添った。

「私も、手伝う」

「ありがとう～。でも危ないからね。こういうのは大人に任せなさい」

「いや、妙案かもしれないぞ？　比較的能力の低いモノは駆け出しや子供たちでも相手は可能なはずだ。現場の空気を知るいい機会にもなる。どうだい？」

「いや、でも」

「大丈夫。というのは傲慢かもしれないが、私もついている。無理はさせんよ」

リチャードの提案を受け、アイリスは翌日、領主の元を訪れると緊急クエスト発令を打診。

冒険者ギルドで総力を挙げて現在発生している幽霊騒ぎに対処することを伝えた。

そんなギルドに対して、領主も軍を分けて巡回させ、警戒に当たらせることを約束して行動を開始する運びとなった。

しかし、それでも幽霊騒ぎは収まるどころか更に拡大していくことになる。

幽霊たちによる被害は今のところない。と、言いたいところだが街の住人たちは不意に現れる幽霊たちの姿に怯《おび》え、徐々にその精神を衰弱させていった。

「いや。マジでどうなってんだこれ。今日何回戦った？」

「愚痴《ぐち》ってても仕方ないでしょ？　ほら、次行くわよ」

「街なかじゃなかったらこんなもん一気にぶっ飛ばすのに」

「どうにも普通じゃないねコレは。一つの街でこれだけ霊種の魔物が発生するなんて聞いたことないよ」

広い街を巡回中のパーティ。【緋色の剣】の大剣使い、トールスは全力を出せずに苛立ちを募らせ、倒した霊種の魔物の消失を確認したあと親友のリンネと恋人のミリアリスに背中を押されて街の巡回に戻っていく。

同時刻。養成所の子供たちも幽霊の目撃情報が少ない街の南側を分担して動ける教官に引き連れられて街を巡回していた。

その中にシエラとリグス、ナースリーの仲良し三人組の姿もあった。

「魔力を武器に纏わせるのって、ちょっと難しいかも」

「でもシュタイナーできてるじゃん。俺うまくできねえんだけど」

「っへ」

「お？　なんだあ喧嘩売ってんのかぁ？」

シエラはなんとか武器に魔力を纏《まと》わせ、運悪く遭遇した霊種の魔物を撃破したが、うまく魔力を纏わせることができなかったリグスの剣は霊体をすり抜けてしまった。

ナースリーの魔法で撃ち漏らした霊体を撃破して事なきを得たが、今度はシエラとリグスが喧嘩を始めそうになる。

しかし、それもナースリーがリグスの脳天を杖で打って止めた。

「いってえ！　おいナズ！　悪いのはシュタイナーだろ！」

「冗談ってわかってるのに突っかかるからだよ。ね？　シエラちゃん」

「ん。冗談」

ナースリーから目をそらし、シエラは剣を鞘に納めながら言うと、辺りを見渡しリチャードの姿を探す。

その視線の先で、リチャードは幽霊討伐の片手間で他の子供たちの指導を行っていた。

それからしばらく経ち、リチャードを含めた養成所の教官たちは子供たちを休憩させるため、一度養成所に戻ることに。

だが、その最中にもリチャードたちは幽霊と遭遇することになる。

「これは、確かに異常だな。街を歩いているだけで幽霊に遭遇するなどと」

子供たちを先導していたリチャードが、剣を一振りして幽霊を祓《はら》い、それでもやはりその出現率、遭遇率から眉間に皺を寄せた。

そもそも霊種の魔物というのは人々の残留思念が寄り集まって現れる魔物であって、こうも頻繁に出現する魔物ではない。

仮に現れたとしても、冒険者や領軍を相当数動員している現状で討伐を完了できないほど大量に出現することなどまず無いはずなのだ。

誰かに取り憑《とつ》き悪さをするでなく。

そのどれもが何かを探すように、誰かを探すように街を彷徨《さまよ》っていた。

結局その日。多数の戦力を投入した甲斐《かい》あってか、かなりの数の幽霊を討伐したため冒険者も領軍も夜警班に場を引き継いで撤退。養成所の子供たちも夜の帳が下りる前に帰宅を言い渡され、リチャードもシエラを連れて帰宅することになった。

「もう全部倒したの？」

「いや。全てを討伐できたわけではないが。あとは軍や夜警に回る冒険者たちで対応はできると思う。道すがら状況を聞いたが、危険な個体や人に取り憑いた個体は確認できていないようだ。現状のまま事が進むなら、このまま騒動は沈静化《ちんせいか》するだろうさ」

シエラを連れて自宅を目指すリチャードが、この後の展望を予想しながら隣を歩くシエラに視線を落とした。

そんな会話をしながら、もうあと少しで自宅だというところまで帰ってきたリチャードが不意に足を止め、それに倣ってシエラも足を止めた。

「どうしたの？」

「いや。どうやら幽霊は私たちの自宅にも用があるらしい」

リチャードの視線を追うと、自宅の前に朧《おぼろ》げだが白い煙のような人影が佇んでいるのがシエラに見えた。

他の霊種の魔物と同じでくっきり見えるわけではないが、そのシルエットは女性を思わせる。

リチャードもシエラも剣を抜き、警戒は怠らぬように自宅の前に佇む幽霊に近づいていく。

しかし、そんな状況になっても幽霊は逃げるどころか身動き一つすることなく、何故かリチャードたちの自宅を眺めていた。どこか、懐かしむように。

その人影を、リチャードは何処かで見たことがあるような気がしていた。

「母、さん？」

なぜそう思ったのかは分からない。だが、その幽霊のシルエットにどうしても亡き母の姿が重なって見え、リチャードは剣を下げてしまう。

その瞬間だった。

リチャードの声に反応したか、二人の殺気に反応したのか。

女性の幽霊はゆっくりこちらを向いた。向いたように見えた。

どうやらそれは見間違いではなかったようだ。

女性の幽霊は二人に向かって音もなく近づいてきた。

「親父？　親父！」

シエラの声に、自分が放心していたことにハッと気がつくリチャード。

その眼前に女性の幽霊が迫り、リチャードに対して手を伸ばしてきた。

「親父に！　触るな!!」

反撃しないリチャードに困惑し、シエラはどうすればいいか分からず一瞬硬直する。

しかし、次の瞬間にはリチャードを助けたい一心で剣に魔力を纏わせると、女性の幽霊に切りかかっていた。

その刃はやすやすと女性の幽霊を切り裂き、霊体を霧散《むさん》させていく。

消えていく女性の霊体。その霊体が、リチャードには何故か微笑んでいるように見えた。

「親父。大丈夫？」

「あ、ああ。すまないねシエラ。大丈夫、大丈夫だ。大丈夫な、はずだ」

シエラにはそう言ったものの、リチャードの胸中は穏やかではなかった。

だが、いつまでも自宅前で放心しているわけにもいかず。

リチャードは剣を鞘に納め、シエラと共に帰宅。

気持ちを落ち着かせるために家事にいそしみアイリスの帰宅を待った。

「家の前に幽霊が？」

アイリスが帰宅し、夕食を終えた後。自宅前であったことを簡潔に伝え、リチャードはリビングで飲んでいた食後のコーヒーを入れていたカップをソファの前のローテーブルに置いて俯いた。

「何かあった？」

「その幽霊が、母に見えたんだ」

「そんなこと」

「いや。分かってるよアイリス。霊種の魔物に生前の記憶や習性は反映されない。そもそも別の生き物なんだから。いや、でも待て。もしあれが本当に母さんの記憶を持った思念体なら今回の幽霊騒ぎは……いや、しかし。そんなことをしてどうする？」

アイリスと話していたリチャードが不意に口元に手を当て、思考の海に沈んでいく。

だが、付き合いの長さも相まってか、アイリスにはリチャードが今回の騒動に何者かが関わっていると予想していると思えた。

そしてこの世界で幽霊を操れるような術を持っているのは一部しかいない。

「死霊魔法を使う魔法使いが街に潜伏していて、そいつが幽霊を街に放ってるって思ってる？」

「憶測、でしかないがね。しかし、だとしてもそれを行う理由が分からない。隣国のフランシアとはとうに同盟関係だ。嫌がらせをする意味もない」

「まあでも事態は収束しつつあるし。明日には全部片づいてるわよ。だから私、今日はいつもの時間に帰ってこれたんだしね」

「ああ。そうだな。死霊魔法だったとしても魔法の一種。人間が使うには限界がある。この街全域に霊を放っているとなると魔力なんて数日と待たずに枯渇するだろうしな」

「そういうこと。だから今日はもう余計なこと考えないでゆっくり休みましょ。三人でね」

そう言いながら、アイリスは隣に座るリチャードの肩に頭を預け、リチャードを挟んで反対側に座っているシエラに手を伸ばして頭を撫でた。


しかし次の日。事態は思わぬ方向に向かう。

その日の朝はいつもと変わらぬ静かな朝だった。

違ったのは街に濃い霧が立ち込めたことだ。

数メートル先も見えないほどの白い濃い霧。

そんな濃霧《のうむ》の中、至る所から悲鳴が響いた。

霧の中から再び大量に霊種の魔物が出現。昨日までは、ともすれば彷徨っていただけの幽霊たちは遂に人に取り憑き街の住人を襲い始めた。

「動ける者は全員出て！　取り憑かれた住人は拘束して教会へ移送！　浄化魔法が使える者はその場で対応を！　くれぐれも住人に怪我を負わせないで！」

朝早くギルドに出勤していたアイリスの声が一階のフロアに響いた。

出勤当初、アイリスが聞いたのは夜警での幽霊討伐数。

あからさまに減少していた討伐数から騒動の鎮静化に安堵し、それでも今日一日は警戒を解かないようにと昨日と同じようにギルドに所属していた冒険者に街の見回りをするように伝えていた矢先のことだった。

「大変だ！　幽霊どもがまた出た！　大量だ！　昨日の比じゃないぞ‼」

と、ギルドの扉を勢いよく開け、慌てた様子で入ってきた冒険者の声にアイリスは斥候として数組のパーティを街の東西南北に向けて派遣。

しばらく待ち、濃霧の中から帰還した冒険者たちから霊種の魔物の再出現とその霊に取り憑かれた住人が人を襲っていると聞いて、アイリスは吠《ほ》えたわけだ。

「軍にも派兵を要請して！　住人には各方面の教会へ避難指示を！　北の貴族街にも結界がある！　そっちにも匿《かくま》ってもらって！」

これだけに限らず、現在思い浮かぶ対策を考えついただけ言い放ち、アイリスはギルドの外に出た。

太陽は既に高く昇っている時間のはずだが、濃霧のせいで外には薄暗い白い闇が広がっている。

「これは確かに自然現象とはいえないわね」

故郷から旅の末にたどり着き、この街で暮らすこと数十年。

今まで見たことのない街の様子に、昨夜のリチャードとの会話を思い出してアイリスは呟いた。

ここで、アイリスはある魔法を発動する。

魔力を薄く広げて放ち、周囲の状況を確認するための魔法である【マジックソナー】という魔法だ。

自分を中心に魔力を放ち、アイリスが探したのは魔力を纏った霊種の魔物。

魔法を使った瞬間、脳裏に映ったのは自分の周囲を取り巻くように映し出された赤い球状の敵性反応だった。

「嘘《うそ》でしょ？　なに、この数」

映し出された敵性反応は十や二十ではなかった。

それこそ百や二百という反応の多さに、アイリスは頭を抱えてしまう。

そんな時だった。

「アイリス！　どうした大丈夫か⁉」

と、聞きなれた声が聞こえてきた。

「リック？　どうしてここに。シエラちゃんは」

「状況の確認に来たんだ。養成所には他の教官たちに結界を張ってもらった。養成所の外にうじゃうじゃ沸いていた霊体は全て撃破済み。早くに養成所に来ていた子供たちはみんな無事だよ。今のところはな」

その言葉を聞き、ホッと胸を撫で下ろしたアイリスは一旦屋内に戻り、リチャードに知りうる限りの状況を説明。対応はしていると伝えて二人はアイリスの執務室へと向かった。

そこに少し遅れるようにリチャードの教え子である【緋色の剣】のトールスとミリアリスも姿を現す。

「マスター！　街どうなってるんすか！　すげえ一杯幽霊いるじゃん！　霧もひでえし、昨日あれだけ倒したのに」

「ちょっとトールス！　マスターに対してなんて口きいてるの！」

「トールス、ミリアリス丁度よかった。申し訳ないんだけど、あなたたちも出てくれる？」

「いや、そりゃ行きますけど。で、先生は何でここに？」

アイリスの言葉に返事をしたトールスが、この時間は養成所にいるはずの師の姿に言葉を漏らす。

「状況の確認をしたくてね。一人で養成所から来たんだが」

「一人？　シエラちゃん下にいましたよ？」

「何？」

ミリアリスの言葉に、一瞬リチャードの思考が停止したが、次の瞬間には駆けだしてリチャードは階下のフロアに向かった。

そしてそこにはミリアリスが言ったとおり、シエラが慌ただしく人が行き来する一階の受付近くでキョロキョロと誰かを、いや恐らくはリチャードを探していた。

「どうしたシエラ。養成所でみんなと待っていろと言っただろ？」

「ごめん、なさい。でも俺、親父と一緒にいたくて」

「う〜む。まあ来てしまったものは仕方ない。しかしよくもまあ、あの霧の中を一人でここまで来たものだ。怖くなかったか？」

「ん。幽霊がいない道通ってきたから怖くなかった。親父の魔力も感じたし」

「なるほど。私の通った道に残っていた私の魔力を追ってきたわけか。あまり心配させないでおくれ。シエラに何かあったら私もアイリスも悲しいだけでは済まないからね」

リチャードに言われ、少し悲しそうな顔をしながらシエラは頷いた。

元より怒るつもりがあるわけでもないリチャードは、困ったように苦笑するとシエラを抱き上げ二階へ向かう。

その足でアイリスの執務室に向かったところ、中からトールスとミリアリスの二人が退室してきた。

どうやらこのまま幽霊討伐に向かうらしい。

「そんじゃあ、俺たちは行ってきます先生」

「くれぐれも油断するなよ？　どうにも今回の騒動、不自然が過ぎる」

「マスターから聞きました。心得てますよ。ただ、市街戦じゃあ俺達本気出せないんで、戦果少なくても怒らないでくださいよ？」

「ははは。軽口が叩けているうちは大丈夫そうだな。不審な人物がいれば拘束。最悪君たちの判断で殺してもいい、頼むぞ」

トールスに笑いかけた後。シエラに聞こえないようにすれ違いざまにボソッと呟き、トールスはその言葉に無言で頷く。

そして二人を見送った後、リチャードはアイリスの執務室の扉のドアノブに手をかけた。

この街最強のSランクパーティである教え子たちは昨日に引き続き出陣。

だが、なぜだろうか。リチャードはそれでもまだしばらくこの幽霊騒動は収まらないのだろうなと予想し。

その予想は嬉しくない形で当たることになる。

一連の幽霊騒動は一向に沈静化の兆《きざ》しが見えないまま夕刻を迎えようとしていた。

「駄目だあ〜。幽霊たち全然減らねえ」

「霧も晴れないし。いくら倒してもいなくならない。このままじゃあ被害が拡大するわね」

一度休憩の為にギルドに戻ってきたトールスたちがアイリスの執務室に報告に来てそんなことをボヤいていた。

無限に湧いてくるのかと思えるほどの幽霊たちは、今や外に出れば間違いなく遭遇するほどには蔓延っており、住人たちは最寄りの教会や結界を有する施設に避難している。

この冒険者ギルドも食事処や地下鍛錬場などを住人に開放して避難場所にしていた。

不安と慣れない生活からの疲労と怯えで、住人たちはすっかり疲弊してしまっている。

冒険者を引退しているとは言え、そんな現状を目にして黙っていられるほどリチャードは薄情ではない。

教え子たちが休憩し終わって再度出立するタイミングでリチャードも街に向かう為に準備を整えていた。

「親父も行くの?」

「ああ。これ以上静観しているわけにもいかないのでね。色々と探ってみるよ」

「俺も行っていい?」

「駄目だ。と、言いたいところだが。また抜け出されても困るしな。絶対に離れないと約束できるならついてきても構わないよ。幸いなことに敵の戦闘能力は乏しいからね」

アイリスの執務室で、ギルドマスターであるアイリスや、ギルドのサブマスター。領軍のお偉方と策を練っていたリチャードだったが、どうにも打開できない現状に、まずは行動と観察だと考え、愛剣を背負うと席を立ち、そのあとに続いてシエラも剣を腰に、魔導銃を背中に担ぎながら座っていた椅子から立ち上がった。

それを見て、遂に我慢できなくなったアイリスも愛用の細身の剣を二本。腰に差して席を立つ。

「こらこら。君は出てはいかんだろ」

「もう座ってできることは全部やったわ。後のことはミニアに任せてあるし、久々に運動してもいいでしょ？」

「サブマスターはなんて言ってる？」

「どうぞ行ってきてくださいって」

「いや、言ってないですけど」

二人の会話にアイリスの元パーティメンバーにしてギルドのサブマスターを務める女性、黒髪のショートヘアに猫耳を生やした獣人族のミニアが不満そうに割り込んだ。

しかし、アイリスの性格をよく知っている彼女だからこそ、言っても無駄だということはよく分かっており、深々とため息を吐きながら「まあいいですよ、あとは任せて行ってください」と諦め半分で言って頭を抱える。

「お、やったあ。流石ミニア。話が分かる」

「その代わり絶対に怪我しないでくださいね」

「もっちろん。まあ見てなさいって」

とまあこんな調子で業務をサブマスターに丸投げし、アイリスはリチャードやシエラと共に暗くなりつつある街へと足を踏み出した。

「久々の実戦ねえ。腕が鳴るわ」

と、意気込み。漂う幽霊たちに突撃していくアイリスの後ろ姿にリチャードは苦笑する。

「俺も、頑張る」

リチャードとアイリスに並んで剣を抜いたシエラは緊張した面持ちだが、その口元には笑みが浮かんでいる。

二人と並んで戦えることが嬉しいのだ。

リチャードとアイリスが先行し、手あたり次第。というのが正しいだろうか。目に映る限りの幽霊を祓《はら》い、倒し損ねた幽霊をシエラが剣や魔導銃で仕留めていく。

ただひたすらに、住み慣れた街に現れた自分たちの日常を破壊した非日常を打ち払っていく。

だがその勢いはいつまでも続かなかった。

街に蔓延る幽霊をリチャードとアイリス、シエラは一掃してはいくが、すぐにまた霧の中から幽霊たちが現れたのだ。

戦闘能力は確かに乏しい。

しかし暖簾《のれん》に腕押しとはよく言ったもので、こうも手応えがないのに無限に湧かれては堪《たま》ったもんじゃないと次第に三人は最初の勢いを失っていく。

「Sランクたちも出ていてこの状況。どうにも納得できんな」

「もう明らかに自然に発生してるモノじゃないもんねえ、この数」

「この霧も魔法で発生しているのだろうな。まったく、どこの誰が何の目的でこんなことを」

濃い霧の中。リチャードとアイリスはシエラを挟んで背中を向け合い、シエラを少しの間休ませていた。

幽霊たちが積極的に襲ってくることはないが、取り憑かれた住人は別だ。

幽霊に紛れて襲ってくる取り憑かれた住人を、気絶だけにとどめるような技量はシエラにはまだない。

故にこの陣形はシエラを守るというよりは暗がりから襲ってきた住人をシエラから守るためのものだったりする。

「もう、めんどくさいなあ！　戦地なら全力で魔法使うのに！」

状況の打開が見込めずヤキモキするアイリスの言葉にリチャードは苦笑する。

だがしかし、リチャードとてそれは同じ気持ちだ。

ここが市街地でなかったなら、教え子たちに頼んで全力で事に当たってもらっていただろう。

「全力で、か」

「どうかした？　何か思いついたの？」

アイリスの言葉を復唱したリチャードの呟きに、シエラが首を傾げた。

そんなシエラに視線を向け、リチャードは手で口元を覆って思考を巡らせる。

「アイリス、シエラ。街の中央に行こう」

「なに？　そこに何かあるの？」

「逆だ。何もないから街の中央である時計塔前の広場に行くんだよ」

言いながらリチャードが歩き始めたので、シエラとアイリスは続いて歩いていく。

そんな二人を時折離れていないか確認するために肩越しに見て、リチャードは街の中心を目指した。

冒険者ギルドもほぼ街の中心近くに建てられているため距離にしてみれば大したことはないのだが、霧で視界が悪いのと、夜の帳が下りてしまったために視界はさらに悪化。距離感が分かりづらくなっているせいで街の中央の時計塔前の円形の広場にたどり着くまでにずいぶん時間がかかっているような気がしてくるが、三人は幽霊を祓いながら広場の中心に到着。

三人で背中合わせになり幽霊に取り憑かれた住人からの襲撃に備えた。

「で？　ここでどうするの？」

「思いつきですまないが、アイリスが使える風魔法【タービュランス】を全力で使ってくれないか？」

「それで霧を吹き飛ばそうって魂胆《こんたん》？」

「そうだ。魔法で生成されていようと霧は霧。上空に向けてタービュランスを発動してくれ。もしかしたらそれを嫌がったこの事件の犯人が幽霊や住人たちを差し向けてくる可能性もある。そうなれば膨大な魔力を使わざるを得なくなるはずだ。位置が特定できるやもしれん」

「でもそれ遠くから操っていたら意味ないんじゃない？」

「いや。恐らくだがそれはない。万能に見える魔法という現象が万能ではないというのは君もよく理解しているはずだ。魔法を使う者から距離を離せば離すほど、魔法の効果を維持するのは難しく、そして力も弱くなる。これだけの規模の魔法だ。恐らく事件の犯人は街にいるよ」

リチャードのその仮説を聞き、アイリスが俯き顎に手を添え思案するが、反論するようなことは何一つない。

現状有効な打開策もないのだ。ならばとアイリスは顔を上げ、パッと花のような笑顔をリチャードに向けた。

「どうせこのままじゃあ状況は変わらないし派手にいきましょうか。派手にね」

「間違っても街を壊すなよ？」

「もちろんよ。詠唱ありで本気は出すけどね」

「駄目だとは言わんが。できるだけ、いや。確かにこの際だ。派手にいこうか」

アイリスの言葉と笑顔に肩を竦めるが、リチャードも楽しそうに微笑んでいた。

久しぶりの実戦の空気にあてられているのかもしれない。

そんな楽しそうな二人を見て、シエラは自分も何かしたいと思って「俺も」と言いかけるが。

邪魔になるかもしれないと思って口を閉じてしまう。

「シエラも手伝ってもらうがいいかな？」

「いいの？」

「ああもちろん。シエラには今から時計塔に上ってもらって、その魔導銃でもってアイリスを援護してもらうが、できるかい？」

「ん。頑張る」

「よし、では行動に移ろう。私もアイリスの援護ができる位置に陣取るよ。アイリスは身の危険を感じたらすぐに魔法を中断。自衛するようにな」

「小さな結界くらいなら私でも張れるわ。大丈夫、任せて」

愛する恋人に真っ直ぐ見つめられながら「任せて」などと言われてしまってはそれ以上何も言えず。

リチャードはアイリスの手を握ると、その手の甲に軽くキスをして時計塔へシエラと共に向かっていった。

そのリチャードの一連の行動にアイリスは生娘《きむすめ》のように顔を赤くする。

「ほんとに。大人っぽくなっちゃって。ふふふ、よおし！　頑張っちゃうぞ！」

やる気満々のアイリスが、まず自分の周りに小さな結界を張った。

それを見て、リチャードは時計塔の扉を開け放つと中に足を踏み入れ、壁際を沿うように伸びた長い螺旋《らせん》階段を上り始めた。

長い、本当に長い階段だ。身体強化魔法なしでは絶対に上りたくないと思えるほどに。

そんな階段をしばらく上り、途中の踊り場にあった扉をリチャードは開いた。

「シエラ。もう少し上ったところに同じ扉がある。その扉を出たら外に繋がっているから、そこから魔導銃でアイリスを援護するんだ。いいね？」

「ん。頑張る」

「強化魔法で視力の底上げと魔力の視覚化ができるが。もう覚えたかな？」

「大丈夫。できるよ」

「よし。ではシエラ、また後でな。全部終わったら夕食だ」

「ん。楽しみにしてる」

そう言って微笑んだシエラを撫で、リチャードは時計塔中層の展望エリアに足を踏み入れた。

その時計塔の外壁部分を一周できる展望エリアをリチャードは魔法で視力を強化して広場が見下ろせる場所へと歩いていく。

その眼下で、アイリスが剣を鞘に納め両手を空に掲げて魔法を発動させようとしていた。

「空を司る父なる神よ。大気を震わせ集いし風を巻き上げよ。汝《なんじ》は竜、その息吹は嵐とならん！顕現せよ。【タービュランス】!!」

現在よりはるか昔に存在していた魔法の詠唱という技術。今や廃れてしまったその技術だが使えるなら効果は近代の魔法よりも遥かに高い効果、威力を持つ。

アイリスが掲げた両手の先に現れる魔法陣。

その魔方陣から風が、いや、暴風が吹き荒れ、次第にその暴風が小さな竜巻を生成していった。

その威力はリチャードの予想を遥かに超え、霧どころか集まってきていた幽霊たちすら巻き込んで上空に放り出していく。

その時だった。

アイリスの放った魔法に巻き込まれることなく、アイリスに近づいてくる影をリチャードは展望エリアから見つけていた。

「アイリス！」

後ろに敵がいる。そう言い放つ前に、リチャードは展望エリアから飛び降りていた。

その視界の横を、魔力の塊が通りすぎる。

リチャードがいた展望エリアの更に上階から、シエラが放った魔力で編んだ弾丸だった。

強大な魔法にリソースを割いたために消えた小さな結界。

そこにいたアイリスを、上から見た際は影にしか見えなかった黒いローブを着た何者かが短剣片手に迫る。

その敵の姿に、アイリスは気がついていなかった。

迫る敵の魔の手。

だが、すんでのところでシエラの放った弾丸がその敵の目と鼻の先を掠め、黒いローブの何者かは怯んで動きを止め、上空を見上げた。

そこに、展望エリアから飛び降りたリチャードが愛剣を構えて猛然と突撃した。

「貴様が！　元凶‼」

シエラの援護に怯んだこと、その攻撃で上を見上げたことで、リチャードからしてみれば隙だらけの敵。

リチャードはアイリスが剣を抜くより早く、跳ぶように黒いローブの敵に近寄ると、肩に担ぐように構えていた剣を斜め一閃《いっせん》、袈裟斬りで敵の体に深々と刃を滑り込ませた。

黒いローブがはだけ、アイリスを狙った敵の素顔が明らかになるが、その顔は人のそれではなく。

黒い双眸《そうぼう》がシエラのいるはずの展望エリアを見上げる骸骨《がいこつ》だった。

「クハハ。見つけたぞ。青い髪の。貴様が」

骸骨から放たれた気味の悪い呪詛《じゅそ》を含んだような聞き取り辛い低い声。

呟くようにそれだけ言うと、リチャードに切り裂かれた黒いローブを着ていた骸骨は霧散するように消え、それに続い再び出現した幽霊たちも霧散するようにその姿を消した。

終わってしまえばあっけない幕引きだった。

しかし、この一連の幽霊騒動は確かにリチャードの思いつきに端を発する形で収束することになったのだ。


その幽霊騒動から数日後、街はいつもの様子を取り戻しつつあった。

アイリスの魔法で時計塔周辺の施設が一部損壊したが、それを咎《とが》める者がいるはずもなく。

作戦と、呼べる程でもない思いつきから事件を解決に導いたリチャードは、街を守った英雄の一人として、アイリスやシエラと共に領主の館にて、他の冒険者が貰ったものとは別に感謝の印として金一封と納税義務《のうぜいぎむ》の免除などの恩赦《おんしゃ》を受け取った。

その帰り道。

リチャードはシエラとアイリスを連れてある場所に向かっていた。

その場所というのは、この街の南にある墓地だ。

喪服を着るでなく、普段どおりの格好のまま、リチャードはアイリスとシエラを連れてある墓の前で立ち止まった。そこに刻まれていた名はリチャードの父親と母親のものだった。

「家の前にいたあの幽霊が本当に母さんだったのかは分からない。でもまあそれももう終わった。ゆっくり眠ってくれ」

この墓地に来るまでに購入していた花束をシエラに渡し、シエラは渡された花束を平べったい石板のような墓石の上に置く。

そして三人揃って手を組み合わせて祈りを捧げた。

「母さん、父さん見てくれ〝俺〟の娘だ。可愛いだろ？　こっちは知ってるよな？　ギルドマスターのアイリスだ。今少し立て込んでて遅れているが今度結婚することになったよ。驚いたかい？　俺はこのとおり元気でやってる。だから二人も迷わず逝ってくれ。向こうで待ってなくてもいい。さっさと生まれ変わって、また出会って、今度は夫婦揃って健康で長生きする人生を送ってくれることを願うよ」

自分の前に立つシエラの肩に手を置いて。墓前に近況を報告したリチャードは「じゃあな」と言うと優しげに微笑んで土で固められた墓地の通路を歩き始めた。

しかし向かった先は出入り口のある門の方向ではなく。

少し離れた位置にある一本の木の下。

そこにあった小さな墓石にリチャードはアイリスとシエラを伴って訪れたのだ。

「母さんと父さんの墓参りついでに寄ったんだがそっちはどうだ？　あんたのことだ。そっちでも酒と女に溺れてそうだが、まあこれは土産だ。受け取ってくれ」

言いながら、リチャードは酒の入った瓶をその墓の前に置いた。

刻まれている名はエドガー・リドル。リチャードの師匠の名前だった。

「まだアンタには遠く及ばんと思うが、それでも俺はそこそこの冒険者になれたと思うよ。何せSランクの弟子が五人もいるんだからな。まあもう私は引退したんだがね。なあ師匠。もし俺の今の姿を見たらアンタは褒めてくれるか？　いや、それはないか。アンタはいっつも憎まれ口しか叩かなかったもんな」

父母の墓前でそうしたように、リチャードは遺体のない墓の前で師匠と過ごした時のことを思い出しながら苦笑した。

今度の事件でリチャードが周囲の人が驚くような活躍をしたわけではない。

だが、街の住人や関わった冒険者、領軍の兵士からしてみれば、やはり騒動を解決に導いたのはリチャードだ。

自分は大したことのない凡才。

ずっとそう思いながら冒険者として生きていたリチャードは今回の件で少し自信のようなモノを持てるようになっていた。

それ故にリチャードは少し悲しくなってしまう。

今の自分を見てほしい両親と、もう一人の父親のような存在だった師匠はもうどこにもいない。

それを実感して、それでも今後、新しい家庭を築くにあたって吹っ切らないといけない過去への妄執を拭い去りたくて、三人で墓に参り、その場で涙をグッと堪え、墓前に笑顔を見せた。

エピローグ

あの幽霊騒動からしばらく経った。

すっかり元の様子に戻った街は、ある祝日に向けにわかに忙《せわ》しくなっていた。


この世界には、ある月のある週に敬親の日という祝日がある。

敬老の日に近い祝日だが、どちらかといえば父の日、母の日2つを掛け合わせた祝日で、両親に日頃の感謝を伝えたり贈り物をする。そんな祝日である。

その敬親の日を翌週に控え、子供たちは親への贈り物の為に色々考え準備をしていた。

「来週の為に小遣い稼ぎに行かないか？」

養成所での授業が終わり、シエラ、リグス、ナースリーの三人が公園の広場で木剣片手に遊んでいた時のこと。

木陰に座って休憩していた際に、リグスがボケッと空を見上げながら言った。

「小遣い稼ぎ？　ミニクエストを受けるの？」

「そうそう、来週、敬親の日だろ？　両親に何かプレゼントでもしようかなって思ってな」

「私はお母さんと料理作るんだあ。シエラちゃんは？」

「俺は、何も考えてない」

考えてなかった。というよりはそんな日があることを知らなかったシエラは空を見上げながらナースリーの質問に答え、同時にリチャードとアイリスの顔を思い浮かべる。

両親に何か贈り物をする日なら、自分を拾って育ててくれて、優しくしてくれているリチャードとアイリスに何か恩返しがしたい。

そう思い、シエラはリチャードとアイリスに何をすればいいか何をすれば喜んでもらえるかと考えを巡らせる。

あの二人のことだ。恐らく何が欲しいか聞いても「気持ちだけで嬉しいよ」と言って何が欲しいかなんて答えないかもしれない。

それは恩返しがしたいシエラにとっての最適解ではない。

ならば密かに小遣いを稼ぎ、サプライズでプレゼントを贈ろうとシエラは決心し、提案を持ちかけたリグスに「分かった、一緒にミニクエスト、受けよう」とその提案に賛同した。

ミニクエストというのは、冒険者養成所にギルドから振り分けられた街の中やその近辺で発生した比較的安全な、いわゆる子供向けのクエストだ。

犬の散歩をしてくれ、猫を探してくれ、馬の世話を手伝ってくれなど、まさにお遣い、お手伝い。

それ故に、生徒たちからはミニクエストと呼ばれ、しばしば小遣い稼ぎに利用されている。

学校に持ち込まれたクエストは教員が生徒たちの安全の為にクエスト内容や発注者の身元確認に奔走しているので、その為に人手は不足がち。

この日、実はリチャードも持ち込まれたクエストの裏取りの為にクエスト発注者の自宅を訪問したりしていた。

「よっしゃ、じゃあ明日からさっそくやるか」

「ん。やろう」

「私も手伝うよお」

「助かるぜナズ。ありがとうな」

「ううんいいの、私もプレゼント買いたいしねえ」

「できればもう一人誘いたいなあ。リーフスライム討伐とかなら4人じゃないと駄目って言われてるし」

「明日クラスの誰かに声かけてみない？」

「クラスに、友達いない」

シエラの突然のカミングアウトに、リグスとナースリーが目を丸く見開いて悲しい発言をした本人を見た。

「おいおい、え？　なんで？」

「みんな俺が話しかけると逃げるから。昨日もクラスの女の子に声かけたら、顔赤くして逃げていった。多分俺、皆に嫌われてるんだ」

「顔赤くしてるのに？」

元よりSランク冒険者の娘として一目置かれていたが、交流会での剣聖との戦いぶりから、生徒たちの憧れの的になっていることをシエラ本人は知らない。

それは男子生徒のみに収まらず、シエラの物静かな性格と、整った顔立ちから女子生徒をも「格好いい」と言わしめ、羨望の眼差しで見られる程だった。

「それは多分シエラちゃんが格好いいから、みんな照れてるんじゃない？」

「俺もそう思うぜシュタイナー。お前はほらアレだよ。クールっていうんだっけ？　それだからさ、嫌われてるとかじゃないと思うぜ？　だから頑張って声かけてみろよ」

「でも逃げるから……」

「それはほれ、こうやって手で逃げ道塞いで」

言いながら、リグスがナースリーの肩に手をのせた。

それにナースリーは赤面してリグスを見つめる。

「確かに、赤くなっても逃げない」

「ん？　どうしたナズ。顔真っ赤じゃん。疲れたか？」

「ううん。違うの。大丈夫、大丈夫だから」

「熱でもあんのか？」

恋心の分からない少年は、ナースリーの額に自分の額をくっつけ体温を確認する。

リグスにしてみれば親のやり方を真似しただけだったが、その距離感はもはやキス一歩手前。

その顔の近さにナースリーは恥ずかしさから目を回して地面に倒れた。

「リグス。それ以上いけない」

「俺なんもしてなくない？」

「う～。リグスの阿呆ぉ！」

「はぁ!?　なんだよ心配したんだろ!?」

地面に背を預け、真っ赤な顔を隠すように両手で覆ったナースリーの叫びが公園に響く。

今日も街は平和そのものだ。

ミニクエストをリグスたちと受けると決めたその日の晩。

シエラは夕食時にリチャードとアイリスに明日からリグスたちとミニクエストを受けるため、帰りが遅くなるかもしれないと伝えた。

「シエラが友達とミニクエストを受ける、か。なんというか、娘の成長を感じられて。泣きそうなんだが」

「あらら。お父さんは随分涙脆《なみだもろ》いわねぇ」

目頭を押さえるリチャードの様子に、アイリスは苦笑している。

シエラはシエラで急にリチャードがそんな様子になったものだから、アタフタと慌ててしまっていた。

「ら、来週、敬親の日があるから何かプレゼントしたいなって思って。それで」

サプライズプレゼント計画はどこへやら。

話題をそらしたい一心でシエラが言った言葉。

その言葉が嬉しくて。そして同時に驚いて、リチャードもアイリスも持っていたスプーンを手放してしまう。

カチャンと音をたてるスプーンと、放心したかの様子のリチャードとアイリス。

そんな二人にシエラは、照れて顔を赤くした。

聞くまいと思っていた。聞いても2人は「気持ちだけで十分」と言うかもしれない。

それでも、もうこの際、何かプレゼントの参考になればと思いシエラは二人に聞く決意をした。

「何か欲しい物はない？　何か、してほしいことでも、いいんだけど」

「欲しい物かあ」

シエラの予想に反し、リチャードもアイリスも欲しい物を聞かれて真剣に考えるのを見て、シエラはどこかホッとしていた。

聞いてみて良かったと思い、シエラは頬を緩めて微笑む。

「そうだなあ、ミニクエストで獲られる金で買えるとなると。おおそうだ、お揃いのカップや食器セットなんかはどうだい？　いや、食器セットは高いか？」

「そうねえ。形に残る物がいいかもねえ。お父さんになるならネクタイとか、私になるならリボンなんかもありかしらねえ。シエラちゃんに買ってもらえるなら、なんでも嬉しいんだけどね」

「形に残る物。分かった、考えてみる」

2人の答えを参考に、色々考えるシエラ。

やる気に満ち溢れ、キラキラ輝く瞳を見たリチャードとアイリスはそんなシエラに微笑んだ。

「あ、私。シエラちゃんにお願いならあるわよ？」

「何？」

「ママって呼んでほしいなあ」

「む。ズルいぞアイリス。私も未だに名前で呼ばれているというのに。まあ親父とは言ってはくれるが。そういうことなら私だってパパと呼ばれたいな。どうかなシエラ、この機会に私のことはパパと呼んでくれないかい？」

「う、あう」

急なお願いに耳まで赤くしたシエラが俯く。

期待感が高まる親馬鹿二人は「さあシエラ私をパパと」「シエラちゃん、ママって呼んでみてママって」と言い寄る。

しかし。

「う、うるさい馬鹿親父！　もう寝る！　おやすみなさい！」

追い詰められたシエラが恥ずかしさのあまり怒ってダイニングから駆け出して行ってしまった。

リチャードとシエラが出会ってから初めてのことだったが、リチャードは微笑んでいた。

感情的になるのは心の距離が縮まった証拠、それを表に出すようになったのは信頼されている証なのだから。

「おやおや。怒らせてしまったかな？」

「恥ずかしかっただけよ。分かってるクセに」

「ははは。まあな。さて、では恥ずかしくてお怒りの私たちのお姫様に何かデザートでもお持ちするとしようかな？」

「あんまりたくさん食べさせては駄目よ？」

「ふむ。確かに。なら今夜はやめておくとして、明日の朝食にでもプリンを出してあげるか。今日は少し早めに寝支度をして、お姫様の隣で私たちも眠るとしよう」

「そうね、そうしましょ。じゃあまずは夕食の片づけからね」

こうして、リチャードとアイリスは夕食の片づけをした後、寝支度を整え、シエラがふて寝する寝室へと向かい、シエラを挟み込むようにベッドに入り、二人で愛娘を抱き締めながら眠りについた。

　翌朝のこと。

　いつものように三人一緒に目を覚まし、普段ならリチャードが「おはようシエラ」と声をかければ「ん。おはようリチャード」と朝の挨拶を返してくれるシエラなのだが、今日は昨夜に引き続き機嫌が悪いようだ。

「おはようシエラ」

　と、シエラの頭を撫でながらリチャードは言ったが、シエラは顔を赤くして「ん」とだけ返事してベッドから跳び上がるように下りて寝室のドアの前で立ち止まると「おはよう」と残して、顔を洗いに洗面所へと向かっていってしまった。

「う〜む。無理強いが過ぎたのだろうか」

「昨日も言ったでしょ？　照れているだけよ。後はあの子の思い切り次第だと思うわ。私も、パパにはそんな感じだったなあ。それに一度はパパって呼んでるんだし、大丈夫よ。多分ね」

「だといいが。ん？　シエラが私を一度パパって呼んだって？」

「ええ。ほら、熱風邪で貴方が倒れた時にね。覚えてない？」

「ああ、あの時か。確かに呼ばれた、気はするが」

　寝起きのアイリスに頬に口づけされ、話を聞いていたリチャードは、あの日看病に来てくれたアイリスに寝るよう言われ、意識を手放す際に聞こえたシエラの声を思い出す。

「そうか。夢ではなかったのか」

「さあ。私たちも行きましょう？　今日も走るんでしょう？」

「そうだな。ああいや……今日は無理そうだ」

窓から見える空が灰色なのは朝早いから。

そう思っていたが、リチャードとアイリスの耳に窓を打つ雨の音が聞こえてきた。

どうせ走って汗をかけば風呂に入るのだから濡れながら走ってもいいのではと思うかもしれないが。いいわけがない。

雨水に濡れながら走るなど、病気にしてくれと言っているようなものだ。

というわけで、本日の朝のジョギングはお休み。

三人は登校、出勤の時間までをのんびり過ごした。

その間もシエラは二人に話しかけられても目を合わせることなく、俯き加減でしどろもどろな様子だ。

「ああ〜。無理はしなくていいんだぞシエラ。今までどおり、リチャードと呼んでくれても構わないから」

「無理はしてない。でもやっぱりちょっと、恥ずかしくて……」

「照れちゃって可愛いなあ」

「う〜。可愛くないし」

アイリスに言われ顔を赤くするシエラの様子と、普段の学校でのシエラの気怠げな様子を思い返しながらリチャードは苦笑する。

少女ながらにシエラがAクラスの王子様と呼ばれたりしているのも他の生徒たち、特に女生徒たちから聞いたこともあるリチャードにとっては妙な気分だった。

「さて。私はそろそろギルドに行くわ」

「ああ、分かった。……今日は遅くなりそうかね？」

「う～ん。いつもの時間くらいになると思うわよ？」

「そうか、なら今日は私が一番早くに帰宅するかもしれないな」

上着を羽織り、ポーチを肩にかけ、愛用のショートソードを2本、腰のベルトにかけながら玄関に向かうアイリスを見送る為に、リチャードとシエラも玄関へと向かう。

入所式の日こそ三人一緒に家を出たが、今ではこれがいつもの朝の光景になっていた。

だが、今日は雨が降っている。玄関の扉を開けるとサーッと、三人の耳に雨音が響いてきた。

「さて。風魔法風魔法っと。じゃあ行ってきます」

言いながら、アイリスが玄関の扉のドアノブに手をかけた。

「アイリス。足元にも気をつけてな。行ってらっしゃい」

「い！　行ってらっしゃい！　マ……ママ」

シエラがリチャードの後ろに隠れながら遂にこの瞬間アイリスのことをママと呼んだ。

玄関の扉を開け、雨よけの風魔法を発動し、今まさに外に出ようとしたアイリスの背中に向かって叫ぶように言ったのだ。

ママと呼ばれたアイリスは突然のことにそのまま硬直し、壊れた機械のように少しずつ振り返る。

そして、不意に雨よけの魔法を消したかと思うと、リチャードの視界から一瞬で消えるように移動したアイリスがリチャードの後ろにいたシエラを抱きしめていた。

「は、速いな。君がそんな速度で動いたのを初めて見たんだが」

「リック！　シエラちゃんがママって！　ママって呼んでくれたわ！　そうよ私がママよシエラちゃん！　もう一回、もう一回ママって呼んで!?」

「マ……ママ、仕事に遅れるよ？」

「いいのよちょっと遅れたって。私はギルドマスターなんだから」

「いいわけがあるか。早く行きなさい。私たちも準備するから」

「やだ！　行きたくない！」

「子供みたいなことを言うなアイリス。君はシエラのママなんだろ？」

それを言われては仕方がない、と言いたげに顔をしかめ、しぶしぶシエラを放すとアイリスは再びドアへと向かい、雨よけの魔法を発動させ「じゃあ、行ってきまあ～す！」と今までで一番元気よく家から出ていった。

「ふう。さて、私たちも準備するか」

「ねえ、リチャード」

「なんだい？」

「俺、本当に二人のこと、パパ、ママって呼んでいいのかな。だって俺は、二人の本当の」

二人の本当の子供じゃない。そう言いかけたシエラの頭にリチャードが手をポンと置き、言うのを制止する。

「シエラ、そこから先を言ったら私は、いや。パパは怒るからな？　確かに私たちに血の繋がりはない。だからなんだ。それでも私たちは親子だよ、シエラ。私は、私とアイリスは、君のことを本当に愛している。それは私たちの間に子供ができても変わらない。変わるものか。血よりも大事な絆があることは私もシエラもよく知っているじゃないか」

「ん。分かってる。分かってる、けど」

リチャードに諭《さと》され、シエラの瞳に涙が浮かぶ。

リチャードに拾われてからずっと思っていた。

何故この人は自分を拾い、育て、優しくしてくれるのか。

アイリスと暮らすようになってからはそんな疑問がもう一つ増えた。

人種すら違い、恋人と血の繋がりもない自分を、なぜアイリスが愛してくれるのか。

「出会いは偶然だったのか、神の導きだったのか。それは私にも分からない。でも、そんなことはどうでもいいじゃないか。縁があって一緒に暮らし、鑑定を通してではあるが親子として神に認められた。その事実は一生変わらない。なら、それでいいじゃないか。親が子を愛するなんて当たり前なのだから」

その当たり前ができなかったシエラの本当の両親は、シエラを捨てたその日、街から出て自分たちの住処に戻る際に野盗に襲われ無惨に殺されたあと、最後には魔物の餌《えさ》となったことをリチャードは知っている。

アイリスに頼み、ギルドを経由して色々調べてもらった結果、南門の門兵の覚え書きに青い髪の少女を連れた妙な親子の記述があった。

そして親二人が何やら挙動不審な様子で街を出たことも、当時働いていた門兵は「おいおい身売りかよ、糞《クソ》だな」とその二人の特徴を記録していたらしい。

そして、偶然捕縛されたある野盗を精神感応系の魔法での尋問中に特徴が一致する二人を殺した供述を得たそうだ。

シエラを親に会わせたかったから調べてもらった。という理由ではない。

リチャードはシエラの両親に会って、二人を殴りたかった。怒りに任せて罵声を浴びせたかったのだ。

「本当に、パパって呼んでもいいの？」

「もちろんだよシエラ。私たちの愛しい娘よ」

同情の念がないとは言えない。

しかしそれだけではない。

シエラと出会ってからというもの。リチャードはでこれまでの人生とは全く別の幸福を味わっている。

強さを求め、ただ戦いに明け暮れた冒険者時代。

仲間たちとの生活も悪くはなかったが、リチャードは今の生活のほうが幸せだと感じていた。

その生活は紛れもなく目の前の娘が運んできてくれた生活だ。

幸せにしてくれた娘にしてやれる恩返し。

それは、今度は自分が娘を幸せにしてあげることにほかならない。

「おいでシエラ」

「ん」

シエラの視線に合わせ床に膝をつき、腕を広げるリチャード。

シエラはそんなリチャードに目に涙を溜めたまま抱きついた。
そして、優しく抱擁されるシエラから聞こえた「パパ」という消え入りそうな小さな声をリチャードは今度こそしっかりと聞き、微笑みながらシエラの頭を撫でたのだった。

了

あとがき

はじめまして。作者のリズと申します。この度は本作『育セカ』を手に取っていただきありがとうございました。

異世界転生や異世界転移ものの作品好きが高じてWEB小説を書きはじめて気がつけば数年。まさか、初の完結作で書籍化できるとは夢にも思っていませんでした。

この小説を書こうと思ったきっかけは、異世界転生物の主人公ではなく、その主人公たちが色々やってる、又はやった後の世界が書きたいなあと思ったのが最初でした。

チート能力を持った主人公たちがスローライフで辺境を開拓する話、いいですよね。めっちゃ好きです。

私も当初はそういう作品を書きたいと思ってましたが、ではその世界で暮らしている、いうなればモブたちの生活ってどんなもんなんだろうかと思って書き始めたのが本作『育セカ』のプロトタイプでした。

その小説はリチャードを教官として、シエラに色々教えるというスタンスは一緒だったのですが、この『育セカ』の世界における魔物の考察、考証を授業形式で長々やりつつ転生者の話を物語として挿し込むというものでした。

しかしそうなると延々ダラダラつまらない考察を書き続けることになるなと思い、X（旧Twitter）で知り合った作家さまや、Vtuberの方々から意見を伺いつつ、書き直したのが本作です。

リチャードとシエラの設定はそのままに、二人を中心に異世界での生活を描いていく。当初はその予定だったし、途中まではそのコンセプトどおりに物語は進んでいました。

でもねえ。親心と言うのかなんというのか、せっかく書いてるんだしこの二人を活躍させたいなあと思ってしまったんですよねえ。

WEB版を読んでくださった方は「ああ～だからあんな展開になったのかあ」と思っていただけるかと思います。

そして、書籍版を購入していただいた方には次巻にて先述の感想が頭を過るかと思います。

このあと親子がどうなるか、是非みなさまの目で確かめていただければと思います。

最後に、重ねてになりますが、この度は本作『育成上手な冒険者、幼女を拾い、セカンドライフを育児に捧げる』を購入していただき、また、このあとがきにまで目を通してくださって、本当にありがとうございました。

この小説を読んで少しでも良いなあ、癒されるなあ、面白いなあ、と思っていただければ幸いです。それではまた～。

北乃ゆうひ
［イラスト］――ニシカワエイト
1巻発売中!
魔剣技師バッカス
――神剣を目指す転生者は、
喰って呑んで造って過ごす――
"BACCHUS"
Blacksmith of Magic Sword
©Yuuhi Kitano

転生ナイチンゲールは夜明けを歌う
～薄幸の辺境令嬢は看護の知識で
家族と領地を救います！～
1巻発売中！
干野ワニ
illust 長浜めぐみ
©Wani Hoshino

育成上手な冒険者、幼女を拾い、
セカンドライフを育児に捧げる 1

発 行
2024年1月15日　初版発行

著 者
リズ

発行人
山崎　篤

発行・発売
株式会社一二三書房
〒101-0003　東京都千代田区一ツ橋2-4-3 光文恒産ビル
03-3265-1881

編集協力
セイラン舎／松浦恵介

印 刷
中央精版印刷株式会社

作品の感想、ファンレターをお待ちしております。
〒101-0003　東京都千代田区一ツ橋2-4-3 光文恒産ビル
株式会社一二三書房
リズ 先生／サクミチ 先生

本書の不良・交換については、メールにてご連絡ください。
株式会社一二三書房　カスタマー担当
メールアドレス：support@hifumi.co.jp
古書店で本書を購入されている場合はお取り替えできません。
本書の無断複製（コピー）は、著作権上の例外を除き、禁じられています。
価格はカバーに表示されています。

©Rizu

Printed in Japan, ISBN 978-4-8242-0094-5 C0093
※本書は小説投稿サイト「小説家になろう」（https://syosetu.com/）に
掲載された作品を加筆修正し書籍化したものです。